双葉文庫

おいらか俊作江戸綴り

猫の匂いのする侍

芦川淳一

目次

この作品は双葉文庫のために書き下ろされました。

猫の匂いのする侍

おいらか俊作江戸綴り

第一章　朝の光

一

冬の空がようやく白み出してきたころ、肌を刺す冷たい外気の中、本所西光寺《さいこうじ》の境内に、

「たあーっ」

「きえーっ」

気合いの籠《こ》もった掛け声が響きわたった。

木刀を振っているのは、若々しい侍と、むさくるしく無骨な侍だった。ふたりとも素浪人である。

若侍は、猪田《いのだ》藩の上屋敷から放り出された滝沢俊作《たきざわしゅんさく》だ。一刀流《いっとうりゅう》の心得があ

り、俊敏な太刀筋である。

当年とって数えで二十一。中肉中背で、鼻筋がとおり、目元涼しく、育ちのよさがうかがえる品のよさが身に備わっている。

浪人暮らしも日が浅く、着物も袴《はかま》も少々くたびれているが、まだ折り目がついてはいる。月代《さかやき》は綺麗に剃っていた。

もうひとりは、どこの藩かは定かでないが、何年も前に脱藩の憂《う》き目にあい、浪人暮らしをつづけている荒垣助左衛門《あらがきすけざえもん》だった。

眉毛《まゆげ》凜々《りり》しく、ぐりぐりと大きな目をしており、月代が伸び、無精髭《ぶしょうひげ》が顔を覆っている。がっしりした体軀《たいく》で、六尺（約一八〇センチ）以上の背丈があった。

こちらは示現流《じげんりゅう》の遣い手である。

白い息を吐きながらの素振りは、およそ百回ほどで終わった。

「では、お手合わせ願おうか」

「お手柔らかに」

助左衛門と俊作は対峙すると、木刀を持ってともに青眼に構えた。

「うりゃ」

「むん」

掛け声とともに、二人の木刀が激しく打ち合わされる。

まだ空が明けぬ前に、松井町の裏長屋から二人揃って西光寺へ向かい、そこで木刀の素振りと手合わせをし始めて、すでに七日が経っていた。

助左衛門が言い出したことである。


二月ほど前、助左衛門は、金貸しに雇われた刺客に襲われた。

相手の力に押され、あわや斬られるところだった。

たまたま運がよかったので、なんとか九死に一生を得たのだが、そのことが、助左衛門の自信を打ち砕き、稽古をしようという気にさせたのである。

「俺の剣は、以前の鋭さが失《う》せている。毎朝、素振り百回をすることにした。そのあと、人を相手に打ちこみもしたい。ついては、おぬし、俺に付き合え」

というわけで、俊作も助左衛門に同道し、素振り百回をこなしたのちに、小半刻（三十分）ほど手合わせをするようになったのである。

助左衛門の剣は粗削りだが、迫力があり、俊作はついつい受けにまわってしまいがちだ。

俊作は、助左衛門を死の淵まで追いやった刺客を斬った。あくまで真剣ではなく木刀での試合だと思いこみ、攻めに攻めたことで、刺客が戸惑ったことが勝因だろう。

このとき、俊作は初めて人を斬り、その感触におののいたのだが、その衝撃は、いまだに脳裏から去ってはいない。

もっとも、老剣客である茂兵衛《もへえ》は、初めて人を斬った嫌な感覚は、生涯残るものだし、忘れてはいけないと言っていた。

桑原《くわばら》茂兵衛は、馬庭念流《まにわねんりゅう》の元道場師範で、いまは松井町と竪川《たてかわ》を挟んだ相生《あいおい》町《ちょう》に隠宅を構えている。

破《や》れ寺をいっときの住まいにしていた俊作は、ひょんなことから助左衛門と出会った。

助左衛門は、俊作を気に入り、長屋の隣の部屋に住んだらどうかと薦めてくれたのである。

だが、長屋に住むには、たしかな素性の請け人がいなければ、無理だ。

そのために、俊作は、蓄えの金を持ってはいたが、住まう場所が破れ寺のほかに見つからなかったのである。

俊作の請け人には、助左衛門の知人である茂兵衛がなってくれた。

茂兵衛は、道場を開いていたころの門弟が多く、人望も篤《あつ》い。いろいろな厄介《やっかい》ごとの相談を持ちかけられるようだが、その解決に立ち上がることもあり、その際に助左衛門の力を借りたり、まかせることがある。

助左衛門はといえば、万《よろず》請け負いという仕事でたつきを立てており、茂兵衛の持ってくる仕事だけでなく、口入れ屋から用心棒などの仕事をまわしてもらっているのである。

俊作は、助左衛門の手助けをすることになっていた。

だが、割りのよい用心棒などは、もっぱら助左衛門がやることになっており、俊作には滅多にまわってはこなかった。

もっとも、俊作も剣呑《けんのん》なことには、あまり関わりたくなかった。

(では、私は、なにをしよう……)

このところ、俊作の頭を悩ませているのは、たつきをどうやって立てようかということであった。

小半刻ほどの手合わせが終わると、凍《い》てつく外気の中でも、肌は汗ばんでい

た。手早く手拭いで汗を拭っていると、

「おい、あのおなご、また来ておるぞ」

助左衛門が、顎をしゃくって指し示した。

俊作が見ると、歳のころは十六、七の商家の娘らしき女が、境内でひときわ目立つ灯籠《とうろう》の前にたたずんでいる。

門のほうをうかがっているが、ときおり、灯籠を見上げているようだ。

「あの灯籠は、なにか御利益があるのか」

「さあ……」

二人が娘を初めて見たのは、稽古を始めて三日目からで、それから毎朝姿を見かけている。それまでは二人が気がついていなかっただけで、もっと前から来ていたのかもしれなかった。

「こんな真冬の朝に、いったいなにをしておるのだろうなあ」

助左衛門は、ちらちらと娘を見ている。

娘は、肩をまるめるようにして、かじかんだ手に息を吹きかけていた。

「誰かを待っているのでしょうか」

俊作も、ちらりと娘を見た。

娘は、二人の視線に気がつかないようだ。境内には、三人しかいないのだが、娘の気がまったく別に向いているのが見てとれる。

「どうにも気になる。おぬしも気になるだろう」

「ええ、まあ……」

「よし、ならば、わしが訊《き》いてこようではないか」

助左衛門は、すたすたと娘のほうへ歩きだしたが、

「む、待て待て」

ぴたりと立ち止まると、俊作を振り向き、

「相手は若いおなごだ。わしのようないかついのが声をかけると、怖がって逃げだすやもしれぬな。おぬしのような優男《やさおとこ》が声をかけるべきではないかの」

「かけるべきと仰《おっしゃ》られても……そっとしておいてもよいのでは」

「いいや、ならぬならぬ。なにか、のっぴきならぬことが、あの娘に起こっているかもしれぬのだぞ。それを見て見ぬ振りをしろというのか」

「そんな大げさな」

「いいから、早く訊いてまいれ」

助左衛門の言葉に、俊作はしぶしぶ娘に歩み寄って行った。

見ず知らずの娘に話しかけるのには抵抗があったのである。

しかも、遠目からでも、くりっとした黒目勝ちの目に、ぷっくらした頬が可愛らしい。

妙な下心があって声をかけてきたのではないかと勘繰《ぐ》られるのも嫌だった。

俊作は、足を止め、助左衛門を振り返った。

「いいから、行け」

しっしっと手で追いやるような仕種をしながら、助左衛門はけしかけた。

（しょうがないなあ……）

助左衛門の押しの強さに、俊作は負けてしまった。

霜を踏む音を、ザクザクとわざと大きく立てて、娘に近寄った。ゆっくりと助左衛門があとにつづいている気配がする。

俊作の足音に、娘は顔を向け、俊作を見た。なにか期待のような表情が浮かんだが、すぐにそれは引っ込み、訝《いぶか》しげな表情に変わる。

「私は怪しい者ではない。ただの浪人者だ」

自分でも、気の利かない声のかけ方だと思った。

娘に警戒する様子はなく、俊作に頭を下げる。

「その……毎朝ここで見かけるのだが、なにをしているのか気になったもので……なに、私たちは、ここで剣の稽古をしているのだが」

小鬢《こびん》をかきながら、俊作は娘に訊いた。

「はい。毎朝、稽古の声を聴いておりました」

娘は、微笑《ほほえ》むと、

「私は、ここで待ち合わせをしているのです」

かすかに暗い影が顔に差した。

「ほう、その相手が現われぬというわけか」

俊作の背後で、助左衛門の大きな声がした。

「……はい」

娘は助左衛門の大声に戸惑ったのか、目を伏せる。

「立ち入ったことを訊いてすまぬ。不躾《ぶしつけ》だったたな」

俊作が取りなすように言うと、なにを思ったのか、娘は顔を上げ、

「あの……私の話を聞いてはもらえませんか」

はっと驚くほど目を潤ませて、ひしと俊作を見据えた。

「あ、ああ……」

「おお、分かった、忌憚《きたん》なく話してくれ。話を聞いて、なにか役に立てるようだったら、存分に力を貸すぞ」

戸惑う俊作を尻目に、助左衛門が身を乗り出して娘に言った。

娘は臆することなく、堰《せき》を切ったように話しだした。

胸のうちにためていたものが、あふれ出たようであった。

二

娘は、六軒堀町《ろっけんぼりちょう》の筆屋の一人娘で、おまきと名乗った。

言い交わした男を待っているのだそうである。その男とは、同じ町内の飾師《かざりし》の親方の元で修業している兼吉《かねきち》といった。

おまきが島田に結った髪に挿している簪《かんざし》は、兼吉が作ったものだという。

赤い珊瑚《さんご》がついて、動くたびに揺れる。びらびら簪というものである。

「兼吉さんと私は、毎朝六つ（午前六時）に西光寺のこの灯籠の前で会っていました。それが五日前から、兼吉さんがいつになってもやってこなくなったのです」

それから、毎朝六つから半刻（一時間）あまり、凍てつく境内の中で兼吉を待っているのだという。

「兼吉の長屋や、飾師の仕事をしている場所へは行かなかったのか」

助左衛門の当然の問いに、

「もちろん行きました。すぐ近くなので、飾師の親方のところへ……様子をうかがっていると、兼吉さんの兄弟子の人が出てきたので、呼び出してくれるように頼んだのです」

だが、兼吉は、ここ数日出てこないのだという。

心配になった兄弟子は、兼吉の長屋を訪ねたが、誰もおらず、いったいなにをしているのか、知りたいのはこっちのほうだと言われる始末だった。

そのとき、親方も顔を見せ、挨拶をしたという。

「私、長屋のほうへも行ってみました。兼吉さんの部屋はひっそりとしていて、誰もいないので、そこにいた女の人たちに訊いてみたんですけど、このところ見かけないということで……」

「ふうむ、それは狐につままれたような按配《あんばい》だの」

助左衛門は、首をかしげて言った。

「私ができるのは、ここでこうして待っているだけなんです……」

おまきは、俯《うつむ》いてしまう。

頬を伝って涙が落ちたのを見た俊作は、

「荒垣どの、なにか私たちにできることはないものでしょうか」

おまきが可哀相になった。

「俺たちにできることか……そうよなあ」

助左衛門は、顔をしかめ、

「お前と兼吉の仲は、まわりは知っているのか」

「仲のよい友だち以外は知りません。親もまだ……」

「もし、親が知ったら、喜ぶのだろうか」

「……いえ、私には許嫁《いいなずけ》がいて、商家の若旦那なのですけれど、その人と祝言を半年後に挙げることになっているんです」

「半年後か……あんたは、その若旦那と祝言を挙げるつもりはないのだな」

「はい。私は兼吉さんと」

「で、兼吉のほうは」

「兼吉さんは、お金ができたら駆け落ちしようって……」

「駆け落ちか……金を作るといっても、修業の身ではなあ」

助左衛門は、大した額はたまるまいとつぶやいた。

「兼吉さんは、心配するなと……」

「ひょっとすると……」

助左衛門は言い差して
「いやいや、そんなことはない」

すぐに自分で否定する。

「なんですか。仰ってください」

きっと見上げるおまきの真剣なまなざしに、

「ふと思っただけで、そんなことはないと思うが……金策に詰まってしまい、逃げ出したのかもしれぬとな……」

助左衛門の言葉に、みるみるおまきの顔が歪《ゆが》み、両の目から涙がポロポロと流れでた。

「そ、そんなことはないでしょう。逃げ出したにしても、なんの挨拶もなしに姿を消すことはないと思いますが」

俊作は、つい助左衛門をにらんだ。

「あはは、そういや、そうだな。だから、黙っていればよかった」

助左衛門は、頭をかく。

「そうですね。私になにも言わずに、逃げ出すなんて……」

おまきの泣き顔に、安堵《あんど》の表情が浮かんだ。

「私たちにできることはしてみよう。兼吉の親方の家と、長屋の場所を教えてもらえぬだろうか。なにか分かったら、すぐに教えてあげよう」

俊作の言葉に、助左衛門は口をポカンと開け、呆気《あっけ》に取られている。

「おぬしも物好きだなあ。親切にもほどがある。兼吉という男を探してなんとするのだ」

おまきと別れ、長屋への道を歩きながら、助左衛門が言った。

「好き合った者同士、会わせてやりたいではありませんか」

「それが余計なお世話になったらどうするというのだ」

「余計な……お世話ですか？」

俊作は、助左衛門がなにを言っているのか分からない。

「あのな、よく聞けよ。このまま放っておけば、いずれ兼吉とやらの職人への熱も冷め、許嫁の男と祝言をあげる決心がつこうというものだ。この先、あの商家の一人娘、おそらく箱入り娘だろうが……おまきが職人の兼吉と一緒になるのがよいか、商家の若旦那の内儀におさまったほうがよいのか、おぬしはどちらがよいと思うのだ」

「それは、おまきの気持ち次第ではないのでしょうか」

「だから、そんなのはいっときのもので、兼吉と苦労をしているうちに冷めてしまったらどうするのだ。若旦那と裕福に過ごしていたほうが、おまきにとって幸せなのかもしれんぞ」

「……だとすると、兼吉が見つからないほうがよいというわけですか」

「いや、そうと断言はしておらぬ。だが、おぬしが兼吉を探す手伝いをすることはないだろうと言っておるのだよ。おまきの気持ちにほだされて、余計なことをすると、あとで恨まれるかもしれぬぞ」

「恨まれますか?」

「あのとき、おぬしが兼吉を探さねば、こんな苦労はしなくてもよかったのだとかな。まあ、それほど勝手なことを言う娘とも思えぬが」

「……余計なお世話という意味が分かりました」

助左衛門の言葉で、兼吉を探してやろうという、俊作のお節介な気持ちは、いくぶんそがれてしまったのだが、おまきに約束した手前、いまさら止めたとは言えない。

「ともかく、やるだけやってみます」

「うむ。だが、俺は手伝わんぞ。礼金をくれたとしても、大した額ではあるまいし、ただ働きのおそれのほうが濃厚だ」

おまきが、礼だといって、いくばくかの金を渡さないとも限らないが、駆け落ちするのならば、一銭の金も無駄にはできないはずである。俊作は、受け取る気は初めからなかった。

朝餉《あさげ》を済ませると、俊作は昌平店《しょうへいだな》を出て、兼吉探しに出かけた。

おまきに、手助けしようと言ったときの高揚した気持ちは、助左衛門の言葉でずいぶんと落ちていたのだが、なにか口実をつけて止めてしまうという気にはならなかった。

兼吉は、北森下町の長屋に住んでいると、おまきから聞いていた。六軒堀町とは六軒堀を挟んだ向こう側にある。

寒風吹きすさぶ武家屋敷沿いの道を出て、六軒堀町を通りぬけ、北橋《きたばし》を渡って北森下町へ入った。

　仕事場は、帰りに寄ってみることにした。あまり見こみはないが、もし長屋にいれば、仕事仲間や親方に要《い》らぬ手間をかけさせる必要がないからであった。

　兼吉が住んでいる長屋は、すぐに分かった。木戸をくぐると、木戸番らしき老人が箒《ほうき》を持って掃除に出てくるところに出くわした。

　うさん臭げに見るので、仕方なく兼吉の部屋を訊くと、あっさりと教えてくれたのだが、

「帰ってないですよ。この前も、仕事場の人が見えたけど、さかんに首をかしげて戻って行きました。お侍さんは、なにか飾りの注文でも？」

「まあそうだが」

　適当に相槌をうち、とりあえず部屋を訪ねてみると、やはり応答はなく、ためしに腰高障子を開けたが、誰もいなかった。

　部屋の中は、布団が敷かれたままで、急いで出かけたそのままになっているといった様子である。

　俊作は長屋をあとにすると、木戸番の言ったことを思い出していた。

（飾りの注文と言っていたが、親方の元で仕事をしている飾師に、直《じか》に注文とい

うのもおかしなものだ。腕がよくて、勝手に仕事をとっていたということなのかな……）

その疑問は、六軒堀町へ戻り、ちょうど仕事を始めたばかりの飾師の親方の家に着いたときに氷解した。

俊作が訪《おとな》うと、若い職人が出てきて、親方の元へ案内してくれた。

着物が少々くたびれてきたとはいえ、俊作のこざっぱりした姿に、飾りの注文をしにきたのだろうと勝手に思われたようである。

飾師の親方は、彦蔵《ひこぞう》といって、顎の張ったいかつい顔で、四十の坂をとうに越えているように見える。

「なんですかい、兼吉のことですかい」

親方は、眉《まゆ》をしかめた。

仕事の話でなかったことで機嫌を悪くしたのかと思ったが、そうではなく、

「あいつは、真面目な奴なんですがね。六日前からどこに行ってんだか。長屋へも帰ってないようなんですよ」

兼吉のことを気にかけているようなのである。

「もう立派な職人で、特に簪が得意でしてね、あと少しで一人立ちしてもよいく

らいなんですがね。いってえどうしたのか……剣呑な目に遭《あ》ってねえといいんですが」

と言って、溜め息をつくと、

「外出《そとで》のときにとつぜんの病か、大八車に撥《は》ねられて死んだとしたら、身許はすぐに分からねえでしょう。ですから、それとなく御用聞きに、兼吉のことを話しておいたんですがね、なんにも言ってこねえところを見ると、身許の分からねえ死人は出てねえってことでしょうな」

親方は、腕を組んでうなるように言う。しばらくして、

「で、お武家さんは、あいつにどのような用がおありなんで？」

思い出したように訊いた。

「あ、いや……兼吉のことが気がかりな娘の手助けなのですよ」

「ほう、あの娘さんですかい。兼吉のことで一度来ましたよ。あんな綺麗な娘さんといい仲なのに、いってえどうしてんだかなあ……」

収穫は得られなかったが、兼吉が真面目な職人であることだけは分かった。

兼吉と同年配の職人とも話ができた。親方が呼んでくれたのである。

助三《すけぞう》という職人は、太った人のよさそうな男だった。

「おいらとは違って、兼吉っつぁんは様子のいい男ですからねえ。あんな綺麗な娘に惚れられてうらやましいですぜ」

姿が見えなくなったわけは分からないという。

「あれだけいい男なんだから、行き倒れでもしていたら、面倒をみたいって女がいるでしょうからねえ」

具合が悪くなって、どこかの女に厄介になっているのではないかと、勝手な憶測を言った。

結局、兼吉は真面目な職人で腕もよく、さらには、かなり様子のよい男であることが分かっただけであった。

三

昌平店へ戻る途中、武家屋敷の脇の道で、どこかの藩士であろう武士とすれ違った。俊作の属していた猪田藩の藩士ではないが、俊作の体に緊張が走った。

俊作は、猪田藩を放逐されたあと、覆面の刺客に襲われたのだが、それはなんと猪田藩の目付である古田藤次郎《ふるたとうじろう》だったのである。

なぜ、自分が狙われるのか見当もつかない俊作は、途方もなく深い暗い穴の中に放りこまれたような気がしていた。

　理由を猪田藩の上屋敷に訊きに行っても、教えてくれるはずもなく、またあらぬ嫌疑をかけられるのが落ちだということだけは察しがついている。

　刺客の古田が覆面で襲ってきたのは、表立っての行動ではないということだ。あくまでも闇の中で、俊作の始末をつけようとしたことがうかがえる。

　だから、いつまた命を狙われるか分からないのだが、また狙ってくるのなら、その刺客を捕らえて理由を訊かずにはおれないという強い気持ちがあった。

　そもそも、俊作がなぜ藩を放逐されたのか……その理由も定かではなかったのである。

　俊作は、藩主佐方師重《さかたもろしげ》の嫡子である鷹丸《たかまる》の近習《きんじゅう》だった。

　故郷の信州猪田藩から江戸へ出て、上屋敷で鷹丸の近習を勤め始めてから二年が立った去年、文政《ぶんせい》元年（一八一八）の秋、とつぜん起こった事件によって俊作の境涯が一変した。

　同じく近習の佐倉金之助《さくらきんのすけ》にいきなり斬りつけられ、わけが分からずに逃げ出したのだが、その佐倉金之助が斬殺体となって発見されるに及び、佐倉殺害の嫌疑が、ほかならぬ俊作にかけられたのである。

俊作が斬ったという証拠はなく、嫌疑は晴れるかに思われた。

ところが、佐倉殺害の件は有耶無耶《うやむや》のまま、突然、俊作はお役御免、さらには藩とのこれ以上の関わりなしとされ、事実上、放逐されてしまったのである。

俊作は、天性ののんびり屋で、故郷では「おいらか」と呼ばれていた。「おいらか」とは、源氏物語や宇治拾遺《うじしゅうい》物語、蜻蛉《かげろう》日記などに出てくる言葉で、おっとりとしたという意味だそうである。同輩の物語好きな妹がつけた渾名《あだな》だったが、いつしかそれが広まってしまったのである。

そんな俊作も、この事件には衝撃を受けたのだが、ともかく一人、江戸の町で生きていくしかないと気持ちを切り換えた。

放逐されたその日、海辺大工町《うみべだいくちょう》に破れ寺を見つけ、堂内で一夜を過ごした。その夜に、荒垣助左衛門と出会ったのである。

古田藤次郎に襲われてからは、刺客は現われていない。あれから二月が経ち、年もあらたまっている。

襲われた当時は衝撃が深く暗澹《あんたん》たる思いに捕らわれたものだったが、次第に生来のおっとりとした性格が顔を出して、真相を知りたいという焦りは影をひそめ、なるようになるだろうという気持ちになっていた。

　すれ違ったどこかの藩士の姿は遠くなり、俊作は寂しい武家屋敷の連なる道を急いだ。

　昌平店に帰ると、その気配を察して、助左衛門がすぐにやってきた。

「おお、やはり帰ったきたか。あのおなごが話があるそうだ」

「おなごというと」

「おまきだ。兼吉という男の行方を探しているおなごだよ」

「で、どんな用件なのでしょう」

「それは知らぬが、昼までに戻ってきたら、西光寺門前の汁粉屋にいるから、来てはくれぬだろうかということだ。会わせたい者がいるそうだ。おまきは、わしに、なにやら話し出そうとしたのだが、もっぱらおぬしが兼吉を探そうとしているからと言って聞かないでおいた」

「分かりました」

「この寒さだ。熱い汁粉でも食ってくるがよかろう」

「荒垣どのは……」

　俊作は期待せずに訊いたのだが、

「俺か……たまには汁粉もいいかな」

案に相違して、にやりと笑って応じた。

西光寺門前の汁粉屋に入ると、狭い店内の床几《しょうぎ》に、おまきと、さらに同年配の娘が座っていた。

おまきは、隣に座っている娘はおすみという名前で、同じ町内に住む幼なじみだと、俊作と助左衛門に紹介した。

俊作と助左衛門は汁粉を注文すると、おまきに先をうながした。

「おすみちゃんは、兼吉さんのことも知ってます。このところ、おすみちゃんと会ってなかったのですけれど、今日久しぶりに小唄のお稽古に行ったら、おすみちゃんがいて、それで……」

稽古のあとに、兼吉のことを話したのだという。すると、おすみは、兼吉が、おまきとの約束の場所に姿を見せなかった六日前の前日の夕方、兼吉が駕籠《かご》に乗るのを見たというのである。

「あたしの家は小間物屋なのですけど、夕方に店仕舞いするのを手伝っているときに、兼吉さんがお武家さん二人に、駕籠に乗せられるのを見たんです」

「武家が駕籠に乗せたとは……無理矢理といったことなのかな」

俊作の問いに、

「肩を押されていたように見えましたけれど、無理矢理かどうかは……」

おすみは、小首をかしげた。

「駕籠は、町駕籠かな」

「はい。でも、どこの駕籠屋さんなのかまでは……」

分かったのは、ここまでだった。

「なにか悪いことが起きている気がしてなりません。お武家さまが関わっているのなら、お武家さまに頼むしかありません」

おまきは、目に涙をためて、兼吉を探し出してくれたら、精いっぱいのお礼をすると言って頭を下げた。

「いや、物好きでやっていることだ。気にしないでいい」

俊作は助左衛門を気にしつつ、応えた。

意外なことに、助左衛門は俊作の言葉にうなずく。

「荒垣どのは、てっきり礼はもらっておけという考えかと」

おまきたちが帰ったあと、汁粉をすすりながら俊作は言った。おまきが、何度も兼吉のことを頼むので、汁粉は冷めてしまっていた。

「大店《おおだな》の娘とはいっても、親の知らぬことだからな。娘に金はなかろう」

見損なうなとばかりに、俊作を睨《ね》めつけた。

「いや、これは失礼しました」

頭を下げる俊作に、

「はは、それは嘘だ。俺だったら物好きだとかなんとか言わずに、おまきのしたいようにさせるがな。どんなに少ない金だとて、くれるというものを断わる莫迦《ばか》はせぬぞ。さきほどは、おぬしに反対して、金をくれとは言いにくいのでな、おぬしの言葉にうなずいておったのだ」

どうやら、睨めつけたのは、助左衛門のからかいだったようである。

「なんだ、私がなにも言わなければ、やはり受け取るのですか」

「それが娘の気持ちなら、断わるのは無粋《ぶすい》というものだ」

「はあ……」

どちらが無粋なのか、俊作には判断がつきかねた。いずれにしても、俊作は好き勝手にやっているつもりなので、礼を受け取る気はなかった。

助左衛門は、汁粉に入っている切り餅だけ食べると、

「あとは、おぬしにやろう」

碗を俊作に押しやった。

「甘いものはお嫌いですか」

「酒飲みだからかな。甘いのは苦手なのだ」

ここに酒は置いてないなとつぶやいて茶をぐびりと飲んだ。

兼吉を乗せた駕籠屋を探し、どこまで連れて行ったかを訊きだそうと、俊作は思っていた。


昼餉をとるために、いったん長屋へ戻ることにした。

俊作と助左衛門が長屋の木戸を潜ると、

「二人して出かけるとは、仲のよいことだの」

木戸番小屋から、茂兵衛が出てきて声をかけた。木戸番が作っている焼き芋をかじっている。

木戸の両側に自身番と木戸番の小屋があり、木戸番では、ここのように焼き芋や漬け物などの食べ物、傘や草鞋《わらじ》などの日用品を売って小商いをしているのが普通である。

茂兵衛は木戸番の親爺とも顔見知りで、芋を食べながら、木戸番小屋の中で、助左衛門と俊作を待っていたものらしい。

いつもの渋茶色の着流し姿だ。腰には大刀のみを差している。

「なんだ、爺さん。いい仕事でも持ってきたのか」

助左衛門が言うと、茂兵衛はにやりと笑った。

皺《しわ》の多い顔に柔和《にゅうわ》な垂れた目が光る。

背筋がピンと張り、痩《や》せて小柄な体に、俊作は強い精気を感じていた。

「助さん、あんたに割りのよい用心棒の仕事をな」

「そいつはありがたい」

助左衛門は、満面に笑みを浮かべた。

年が明けてから、さっぱり仕事がなく、助左衛門の懐具合は寂しくなっていたのである。

昼餉は、助左衛門の部屋で二人でとることにした。

朝に炊いた飯の残りに、これも朝餉の残りの味噌汁を温めてぶっかけ、漬け物と食べた。

茂兵衛は、俊作たちの昼餉が済むまで、木戸番で世間話に興じ、ころあいを見計らって助左衛門の部屋に現われた。

「仕事は、職人の用心棒だ」

「職人が、用心棒を頼んだのか」

「いや。職人の用心棒ではあっても、頼んだのは、武家だ。だから、あんたが詰める場所も町家ではなく、武家屋敷だ」

「そ、その職人は、もしや飾師では」

武士に連れ去られた兼吉ではないかと、俊作は思わず訊いたのだが、

「いや、指物師《さしもの》だと聞いておるが」

指物とは、木の板を差し合わせて作るもので、簞笥《たんす》や火鉢、文箱《ふばこ》などの類である。また、建物の鴨居や梁《はり》を差し合わせて作ったりもする。

さらに、広くは簪や櫛《くし》なども含むこともある。

「簪を作っている職人ではないですか」

「いや、その職人の得意とするところは、仕掛け箱というものらしい」

「仕掛け箱とは、どんな箱なのだ」

助左衛門が割って入った。

「たとえば、箱の底の下に、さらに隙間がある。つまりは二重底というのかな。

外からはそれと分からぬように、巧みに作ってある。そのような仕掛けが施されている箱のことだ」

「そうですか……」

俊作の声に落胆の色があるのを、茂兵衛は聞き逃さなかった。

「どうしたのだ、滝沢さん」

そこで、俊作は茂兵衛に、兼吉のことを話した。

「ふむ。妙な話だの。だが、助さんに頼む用心棒の話とは、掛かり合いのないことだろうの」

茂兵衛は、指物師の用心棒の件は、指物好きの武家同士のつまらない見栄の張り合いゆえのことだと言った。

四

普請奉行の織部石見守《おりべいわみのかみ》と、作事奉行の沢渡能登守《さわたりのとのかみ》が当事者である。かねてより、指物好きな二人は、集めたり作らせたりした文箱や火鉢の類を見せ合っては楽しんでいた。

指物とは上方から伝わってきたもので、紫檀《したん》や黒檀《こくたん》などの唐木細工《からきざいく》が主流だったのだが、文化《ぶんか》のころから江戸では江戸指物という独特なものへと変化した。

二人の奉行が集めていたものは、そのころ（文政元年）に盛んになっていた江戸指物である。これは、桑、桐、松、杉などの木材を使い、その木目や木地を生かした作り方をするものである。

さて、二人の武家の見栄の張り合いだが、石見守の屋敷出入りの指物師が、よく出来た仕掛け箱を作り、これを能登守に自慢したのが発端である。

能登守は、自分の屋敷出入りの指物師にも仕掛け箱を作らせた。

どちらも、己が目をかけた指物師の仕掛け箱のほうが出来がよいといって譲らない。

そこで、その道の目利きとして名高い漆原列山《うるしばられつざん》という数奇者《すきしゃ》に、どちらがよいものか鑑定を依頼した。

漆原列山は、二つの仕掛け箱をためつすがめつしていたが、やがてどちらとも優劣はつけがたいと言った。

その結果に満足しない二人の奉行は、ではもう一度、仕掛け箱を作らせて、競わせてみようと決めたのである。

迷惑なのは、二人の奉行のために、勝敗を競わされる指物師と、どちらかに軍配を上げねばならない漆原列山であろうか。

助左衛門が用心棒として守る相手は、織部石見守の下屋敷に連れてこられて、仕掛け箱を作らされている指物師の市助《いちすけ》だった。

石見守の下屋敷は、松井町から竪川を渡った先の亀沢町近くにある。

「すぐにでもということだ。下屋敷の家来たちは剣術の遣い手が一人もおらぬということなのでな」

茂兵衛の言葉に、助左衛門は、

「では、いまから行ってこよう。今夜は、久しぶりにいいものが食えるかもしれぬな」

上機嫌で出かけて行った。

「滝沢さん、わしのところで……」

茂兵衛はというと、俊作に将棋を指す仕種をした。

「いえ、私は兼吉という飾り職人を探さねばなりません」

「おお、そうだったの。将棋を指せぬのは残念だが、若いおなごの頼みとあっては、捨てて置けとは言えぬな」

苦笑いをして帰って行った。

俊作は、まずしらみ潰しに駕籠屋をあたることにした。

空はどんよりと曇っているが、雨が降る気配はなさそうだ。

六軒堀沿いに歩いていると、堀脇の冬枯れた木の枝に止まっている烏が、じろりと俊作を見た。

「カア」

烏は、俊作に向かって小莫迦にしたように鳴くと、飛び去って行った。

「烏に莫迦にされるようになれば一人前の尾羽打ち枯らした浪人者だ」

助左衛門が、同じように烏に鳴かれて、愉快そうに言っていたことを思い出した。助左衛門の軽口であるが、自分が鳴かれてみると、なかなかうがった言葉のような気がした。

(私も、一人前の浪人者になったのかな)

くたびれてきた着物と袴を見て、俊作は妙に面白くなった。

みじめではあるが、束縛されていない気ままな身の上である。おいらかと言われたほどの俊作ゆえか、その境遇をすんなり楽しめるのが、自分でも呆《あき》れてしまうのであった。

六軒堀町に駕籠屋は一つある。駕籠辰《たつ》というその駕籠屋で、七日前、兼吉が武家に押しこめられるように駕籠に乗せられたのを知らないかと訊いてみる。

「さあてね。あっしに覚えはねえですがね」

二人の駕籠かきが店に残っていたが、二人とも首を振った。

あと四人の駕籠かきがおり、出払っているのだという。

待っているべきかどうか迷っていると、そのうちの二人が帰ってきた。

「ああ、あれね。なんだか無理矢理って感じでしたぜ」

あまりに呆気《あっけ》なく、兼吉を乗せた駕籠かきに会えた。

「それで、どこまで駕籠で運んだのか教えてはくれまいか」

「あれは、なんだか大きな武家屋敷でしたねえ。早足でついてくるお武家に、ここだと言われて止まったんでやすよ。たしか、あれは一ツ目通りをまっすぐ行った先で、亀沢町の近くだと思いやすが……おい、おめえは、どなたの屋敷だったか覚えてねえかよ」

相方に訊く。

「おめえも物覚えが悪いな。あそこは、前にも一度行ったことがあるじゃねえか。たしか……ええと、おりべとか言って、旗本の下屋敷だ」

「織部という旗本か」

「へえ」

ならば助左衛門が出向いた普請奉行の織部石見守の下屋敷に違いない。

助左衛門が用心棒をするという指物師とは別に、飾師の兼吉までもが下屋敷にいることになるのである。

(なんだかよく分からぬが、荒垣どのが屋敷にいるから、なんとか探ってもらえるかもしれぬぞ)

俊作は、織部石見守の下屋敷へ向かった。


二ツ目之橋を渡り、まっすぐに北へ歩く。

武家地がつづく道を歩いて行くと、左側が亀沢町になる。

さらに行くと、左は馬場になるが、右側は相変わらず武家屋敷である。

そのまま歩いて行くと、しばらくして、織部石見守の下屋敷に着いた。

門番に、助左衛門を呼び出してもらうよう頼むと、しばらくして助左衛門が外に出てきた。

「荒垣どの、この屋敷に兼吉が連れてこられたようなのです」

俊作の言葉を聞いて、助左衛門は、

「指物師の市助はたしかにおるが、兼吉は一緒にはおらぬぞ。飾師がいるという話も聞いておらぬ。なにかの間違いではないのか」

と言って、首をひねった。

「駕籠かきの話だと、ここに入ったそうなのです。ですが、ずっとここにいたのかどうかは分かりません。真っ向から問いただしてみることも考えたのですが、あまり逸《はや》ると藪蛇《やぶへび》になるおそれもあります。それで、荒垣どのにそれとなく探っていただけないかと」

「ふむ。面白そうだな」

「ただ、荒垣どのに災いが及びそうだと感じられたら、すぐにお止めになってください」

「物騒なことがあるというのか」

「分かりませんが、なんとなく……」

あくまでも勘なのだが、剣呑なものを感じていたのである。

猪田藩で、理不尽な目にあった俊作ゆえの思い過ごしかもしれなかったが、用心してしすぎることはない。

「そんな心配は無用だと思うが、まあせいぜい用心しながらやってみよう。なにが出るか楽しみだぞ」

　ではと言って、助左衛門は石見守の屋敷の中に消えて行った。

　俊作は、当面なにもすることがなくなった。

　近くに潜んで屋敷をうかがってみようかとも思ったが、中の様子が分かるはずもなく、無駄なような気がする。

（今日のところは、荒垣どのにまかせて、帰るとするか。それに……）

　余裕があれば、たつきの道を探さねばならない。探そうと思いつつ、すでに二月も過ぎ去っていたのである。

　まだ、金が残っているとはいえ、我ながら暢気《のんき》なことだなと呆れてしまう。

　もう明日から食べる米がない、といった状況になって、初めて慌てるのだろうか……いや、その日が過ぎて、米がなくなっても、空かした腹を抱えて、困ったもんだと寝ころんでいるような気がする。

（そんなことではいけない。おいらかにもほどがあるぞ）

　俊作は、自分を叱咤《しった》せねばと思いつつ、来た道を戻って行った。

　長屋に戻って、俊作は、ともかく寝ころんだ。

寝たまま大きく伸びをする。煤《すす》けた天井を見ているうちに、目がとろとろとしてくる。そのまま、いつしか眠ってしまった。

鼻が高く、落ち窪んだ眼窩《がんか》に鈍く光る目、そして酷薄そうな薄い唇の痩身の浪人が、俊作の目の前に現われた。

抜刀した浪人は、気合い凄《すさ》まじく俊作に斬りかかってくる。

瞬時にかわした俊作は、無我夢中で刀をふるった。

肉を斬り骨を断つ、嫌な感触が刀を通して手に伝わってくる。

はっと起き上がると、あたりはすっかり暗くなっていた。俊作は額に滲《にじ》んだ脂汗を手で拭った。

「また、浪人を斬った夢か……」

助左衛門を狙っている浪人を見かけて、あとをつけ、それを悟られて斬り合う羽目になったのは、二月前のことだった。

俊作は人を斬ったことはない。浪人は、人を斬り慣れていた。

二人の剣術の腕は拮抗していたようだが、場慣れの面では、俊作は浪人に遠く及ばなかった。

俊作が斬られるのは、自明のことだった。

だが、そこで俊作は窮余の一策を思いつく。木刀での試合だと思いこむことによって、真剣での斬り合いからくる呪縛を解き放ったのである。

いわば自己暗示にかけたのであるが、これが功を奏し、圧力をかけてくる浪人に、気迫で勝り、攻めの剣をふるう浪人を守りに入らせた。浪人の剣は、受けの剣ではない。不得手な守勢にまわらせることで活路が開け、俊作は浪人に勝ったのである。

そのとき、初めて人を斬った感触が嫌な記憶として残っていた。

元馬庭念流の道場主である茂兵衛は、人を斬った嫌な気持ちは、いつまでも消えないと言う。斬ることが多くなれば、慣れもするが、それが嫌だと思わぬようになったら、人ではなく鬼になるとも言っていた。

俊作は、その後、襲ってきた黒頭巾の刺客の左腕を斬り捨てた。

この黒頭巾が、猪田藩の目付である古田藤次郎だったのである。

古田は、自らの剣で喉を突いて自裁した。

俊作が斬り殺したわけではないが、結果的には同じようなものである。さらに、左腕を断ったときの感触は、やはり嫌なものであった。

俊作は、じっと手を見ると、

(この先、また猪田藩から刺客が来れば、斬らねばならぬだろう)

人を斬ったときの感触をもう一度思い出す。

なんとも嫌な気持ちになる。だか、自分は武士だ。

闘うことから逃げてはならぬと、自らに言い聞かせた。

五

翌日。早朝の朝の鍛練は、俊作ひとりで行なった。

昨日は雲が空を覆っていたが、その雲はなく、天が高く感じられる晴れ渡った冬空だ。

晴れているほうが、冷気がことさら強い。

だが、そうした寒さを厭《いと》うことなく、今朝もまた、おまきがひとり、灯籠の前でたたずんでいた。

俊作は、助左衛門がいないので、素振りをいつもの倍の二百回した。

汗を拭いて、おまきに近づくと、おまきは深く辞儀をして、今日はお一人なのですねと言った。

「うむ。荒垣どのは仕事でな」

「兼吉さんのことは、なにかお分かりになりましたか」

「まだはっきりとしたことは……今日、また探してみるので、なにか分かったらすぐに知らせよう」

お願いしますと言うおまきの目には、必死な思いが籠もっていた。

俊作は、鍛練を終え、朝餉を済ますと、石見守の屋敷へ行くことにした。助左衛門がなにか探り当てていることを期待してのことである。

長屋を出て、二ッ目之橋に差しかかったときだ。

橋の向こうから、助左衛門がやってくるのが見えた。

「荒垣どの」

橋を渡って、俊作が声をかけながら近寄ると、

「用心棒をお払い箱になったぞ」

助左衛門は、苦笑いを浮かべて言った。

「いったいどうしたというわけですか」

「どうもこうも……そこの蕎麦屋で一杯やって話そう。なに、一日分の用心棒代

はもらっておるから、俺のおごりだ」

橋のたもとにほど近く、助左衛門の言ったとおりに蕎麦屋があった。暖簾《のれん》をくぐると、助左衛門は酒と蕎麦を、俊作は花巻蕎麦を頼んだ。

「おぬし、酒はよいのか」

「はあ、昼間は、さほど呑みたいとは思わぬものでして」

「せっかく俺が持つと言っておるのだから、少しは呑め」

酒が運ばれてくると、俊作も一、二杯ご相伴にあずかることとなった。実に旨《うま》そうに三杯も空にすると、助左衛門はようやく話しだした。

「おぬしに頼まれたから、屋敷にいる職人は市助のほかにいないか、それとなく訊いてみたのだよ。石見守の家来や下男、女中にな。みな知らないと答えたが、どうもなにか隠しているような気がして仕方なかったのだ」

助左衛門が用心棒をする市助は、一室に籠もって仕掛け箱の仕上げに余念がない。邪魔は出来ないが、部屋を間違った振りをして中に入り、少しだけだが市助と話したという。

「部屋を出るのは厠《かわや》と、たまに庭に出て背伸びするくらいだから、ほかに同じような職人がいるのは知らないし、聞いたこともないと言っていた。それに嘘はないようだった。だから、もし兼吉がいたとしても、市助の仕掛け箱とは掛かり合いのないことだろう」

　助左衛門は、性急に探り過ぎたようだ。

　用心棒初日が終わり、一夜明けて今朝になると、眉毛の薄いずんぐりした吉左《きちざ》衛門《えもん》という石見守の家来がやってきて、

「おぬし、なにか嗅《か》ぎまわっているようだの。いったいおぬしはなにを知りたいのだ。率直に申せ」

　訊かれて助左衛門、なんのことやらととぼけてみたが、吉左衛門の心証を覆すことは出来ず、

「ここ一日の手当てを渡すゆえ、もうお帰り願おう」

　素っ気なく追い出されてしまった。

「というわけで、なんの成果も得られなかったが、怪しいことだけはたしかだ。なにかひた隠しにしている事情ありと見たぞ」

「そうですか……」

　一歩前進といったところだろうか。

　いや、半歩ほどではないかと俊作は思った。

もみ海苔《のり》を散らした俊作好物の花巻蕎麦が運ばれてきた。

ふうふう吹きながら、熱い蕎麦を食べる。朝餉を食べたばかりだが、いくらでも食べられる気がした。

助左衛門が屋敷にいれば、屋敷の内と外とで連絡を取り合うことが出来たのだが、これでは屋敷の中を探る方法がなくなってしまった。

どうするか……漠然と思案しながら、蕎麦を食べ終わった。

「食べっぷりがいいの。毎朝の素振りを怠ると腹が出るぞ、おぬし」

自分の酒の呑みっぷりを棚に上げて、助左衛門は笑い、

「この際だから、もう一杯どうだ。なに、明日から俺は暇になったので、朝の素振りにつき合えるからな。腹が出ることはない」

もともと、助左衛門が言い出したことなのだがと俊作は思ったが、

「いえ、これでけっこうです。それより、兼吉のことですが、これからどうするか……」

「うむ、そうだの。俺がちと嗅ぎまわりすぎたのがいかぬな。せっかく屋敷に入りこめていたというのに……」

助左衛門も、悪いと思っていたのか、溜め息をついたが、

「そうだ。用心棒の話は茂兵衛の爺さんが持ってきたことだったな。おそらく石見守の家来の誰かが茂兵衛の道場で稽古をしていたのだろう。そのつてで茂兵衛の爺さんにいい用心棒がいないかと声がかかったというわけだ。とするなら、おぬしが俺の後釜に座ればよいことだ」

すぐに茂兵衛の元へ行き、事情を話し、俊作を用心棒に推挙してもらうようにしろと助左衛門は言った。

「ですか、二人とも用心棒そっちのけで、兼吉を探していたとなると、茂兵衛どのに迷惑がかかりませんか」

「なに、そんなことは気にすることはない。爺さんが、わしの信用がなくなるから、もう紹介しないと言えば、それまでのことだ。まずは、兼吉が石見守の下屋敷にいるかもしれないと爺さんに話してみろ」

それはもっともである。事情を話さないで口を利いてもらえば、茂兵衛までも騙《だま》すことになるが、すべて打ち明けてのことならば、そうはならない。

「ただ、茂兵衛どのが、私の頼みを断われないということも……」

あくまで、迷惑をかけることに逡巡してしまう。

「あの爺さんは、そんなお人好しではない。煮ても焼いても食えないところがある。とにかく話してみることだな。それからだ」

助左衛門に背中を押されるようにして、俊作は蕎麦屋と同じ相生町にある茂兵衛の隠宅へと向かった。

助左衛門は、まだ呑むと言って蕎麦屋に居座っている。

六

その夜、俊作は織部石見守の下屋敷にいた。

茂兵衛の口利きで、指物師の市助を守る用心棒の役目に就いたのである。もちろん助左衛門とは面識もなにもないことになっている。

武家の下屋敷といえば、中間《ちゆうげん》たちが賭場を開いていたりするところもあるが、ここには、そのような気配はない。

俊作のいる部屋の隣が、市助の作業している部屋である。

隣の部屋からは、木を削っている音が聴こえてくる。

わざわざ旗本の下屋敷に押しかけて、市助を襲う輩《やから》がいるのだろうか。仕掛箱の競い合いの相手である能登守が、刺客を差し向けるなどということがあるのだろうか……ほぼあり得ないことのように思える。

すると、なんのための用心棒なのか、分からなくなってくる。

（まあ、深く考えても詮《せん》ないことだな）

暇だから、いろいろと考えることが出来てくるのである。

木を削る音を子守歌代わりに、俊作はしばし仮眠をとった。

そして、屋敷中が寝静まったころに目を覚ました。

市助は、ずいぶん遅くまで仕事をしていたが、九つ（午前零時）をまわるころには、布団にもぐりこむ気配がした。

さらに一刻（二時間）ほど待って、俊作は音を立てずに襖を開けると、廊下に出た。

滑るように、廊下を歩いて行く。厠《かわや》を通りすぎたが、そのまま進んだ。

あちこちから寝息や鼾《いびき》、寝返りの音が聴こえてくる。

誰かに出くわしたら、厠へ行った帰りに部屋が分からなくなったと言い繕《つくろ》うつもりだった。

あてがあるわけではないが、もし兼吉が押しこめられているのなら、周囲とは違った気配がしているのではないかと思ったのである。

常夜灯の照らすほの暗い廊下を歩き、突き当たりを曲がると、庭に面した廊下に出る。雨戸のために、外からの月明かりは届かず、ここも常夜灯が頼りだ。常夜灯の数は少なく、灯心がしぼってあるために、かなり暗い。

俊作が曲がり角から、庭に面した廊下に足を踏み入れようとしたとき、前方にゆらりと動くものがあった。

息を殺し、立ちすくむと、前方の部屋から障子を開け、おりしも一人の若い女が出てくるところだった。

部屋からは、行灯《あんどん》の光が漏れてきている。

部屋から差す行灯の灯に、女が纏《まと》っている真っ赤な打ち掛けと、女の横顔が浮かび上がった。

俊作は、その横顔を見て、一瞬背筋に冷たい悪寒が走った。

女の顔はやけに白く、目は狂気を宿したように鬼気せまる光を放っていたからである。

女は、俊作に背を向けると、廊下の向こうへと歩きだした。

すると、女の後から、また一人女が出てきて障子を閉めた。

この女の顔色は、さきほどの女のような異常な白さはなく、三十過ぎの武家の女である。

さきほどの女の歳のころは、どれほどか……おそらく二十歳にはなってはいないだろうと俊作は思った。

女たちが向こう側の廊下の端を曲がり、姿が見えなくなると、俊作は、廊下へ歩み出した。

部屋には、まだ行灯がともっている。廊下の常夜灯の薄いあかりで、俊作の姿が影絵のように部屋の障子に映ることはあるまいと踏んだ。

やがて、女たちの出てきた部屋の前まで来た。

中に人のいる気配がする。

俊作は、部屋の前を通りすぎ、廊下の端まで達した。

立ち止まり、女たちの歩いて行った廊下を見ると、すでに姿はない。

廊下の角に身を隠し、顔だけ出す。そのまま動かず、俊作は、女たちの出てきた部屋の気配を探った。

すると、いきなり部屋の障子が開けられた。

俊作は、顔をひっこめると、息を殺した。

障子の間から、一人の武士が顔を出し、あたりをうかがった。

「誰かいるか」

「いや……誰か通った気がしたのだが、気のせいだったか」

押し殺した声だが、たしかに会話が聴こえた。

「こんな夜中に、誰も通るまい。しかし、いつまで、こんなことをせねばならぬのだろうな」

「分からぬ。この兼吉という男も、いつまで持つのか……」

兼吉という言葉が、はっきりと俊作の耳に響いた。

(いつまで持つか、と言っていたな……ということは、兼吉は、痛めつけられているのだろうか)

ともかく、この話だけでも、兼吉が監禁されていることが分かる。

俊作は、いますぐ兼吉を救うべきかどうか迷った。

茂兵衛は、兼吉がいるかどうか探るという目的を知りながら、用心棒に推挙してくれたのだが、もし兼吉がいたらどうするか、といったことにはなにも口を挟まなかった。

(私にまかせてくれたということだろう……)

なるべく茂兵衛に迷惑のかからないようにしなくてはならない。

部屋の中の行灯が消えた。廊下は常夜灯のあかりのみになる。

俊作は、そこにうずくまり、周囲の暗闇に同化するように息を殺し、時の過ぎるのを待った。

やがて、くだんの部屋から、かすかに寝息が聴こえてきた。それも、二つ……そして、また一つ。そのうち一つは、鼾に変わっていった。

全身耳と化したかのように、俊作は耳を済ますことに集中する。

どうやら、部屋の中には、三人しかいないようだと見極めをつけると、

（このさきは、一か八かだ）

ゆっくりと息を吐くと、俊作は腰をかがめて部屋の前まで移動した。

音を立てずに、しかも素速く障子を引き、するりと中へ入った。

うしろ手で、障子を閉める。

カタンと小さな音がして、夜の静寂の中では、ことさら大きく響いたが、寝息と鼾に変化はない。

俊作は、そのまま動かず、じっと気配をうかがう。

部屋には行灯が灯っていないが、闇に慣れた目には、障子越しの常夜灯のあかりだけで、ぼんやりとだが中の様子が見えた。

二人の武士が、布団を被って寝ており、一人が鼾をかいている。

もう一つ、寝息の元を辿ると部屋の奥の襖が半分開き、そのまた奥から聴こえてくるのが分かった。

俊作は、中腰のまま、ゆっくりと襖まで移動し、中を覗《のぞ》いた。

廊下の常夜灯のあかりがほとんど届かないので、さらに闇が深い。

闇の中に目を凝《こ》らすと、中央に盛り上がったものが見える。

そこから寝息が聴こえてくる。

俊作は、奥の部屋に入ると、中央ににじり寄った。

布団をかけて眠っている男がいる。これが兼吉に違いない。

俊作は、しばらくどうするか考えたが、

(これが一番よいだろうな)

と思う方法を取ることにした。

奥の部屋から出ると、寝息を立てている武士の側に寄り、布団をがばっと撥《は》ね除《の》け、その鳩尾《みぞおち》に当て身を食らわせた。

「ぐっ」

呻《うめ》くと、武士は気を失った。

鼾をかいている武士は、気がつかないようである。

つぎは、その武士の気を失わせた。

二人を横向きにさせると、枕元に置いてある刀の下げ緒で、二人の手を背中で縛り、つぎに寝間着の帯で足を縛った。

さらに、折り畳んだ着物の近くにあった手拭いを使って、二人に猿ぐつわをかませた。

このときになって、寝息を立てていたほうの武士が目を覚ましそうになったので、もう一度当て身を食らわせる。

（ふう……）

寒い夜ではあるが、さすがに俊作の額には汗がにじんでいた。

奥の部屋へ入ると、襖を閉め、行灯に火をともし、兼吉を揺すった。

「うーん」

兼吉は、唸《うな》るがなかなか目を覚まさない。よほど疲れているのか、薬でも飲まされたのか……。

「これ、起きてくれないか」

さらに揺すっていると、やっと目を開けた。

様子のいい男というのは本当で、鼻筋が通り、開いた目は切れ長だ。

「う……またですかい、なんど言われても……」

兼吉は、煩《わずら》わしそうに、また目を閉じようとする。

「おい、私はお前を助けにきたものだ。おまきに頼まれたのだ」

「え……おまき！」

兼吉の目が見開かれた。

「しっ、静かに」

俊作は、兼吉の口に手を当てて、相手がうなずくのを待ってから離した。

「おまきって、言いましたよね」

兼吉が小声で訊く。

「ああ。この屋敷から逃げるのだ」

「あ、ありがたいです」

兼吉は、勢いよく起き上がろうとしたが、ふうと息を吐き手をついた。

「大丈夫か」

「へえ、疲れてますが、なんのこれしき」

ふらついた足で立ち上がったが、目がはっきりと覚めてくると同時に、徐々に力が体に戻っていくようだ。

縛り上げた二人の武士の脇を通り、廊下に出たころには、かなり足はしっかりとしてきていた。

足音を忍ばせ、俊作と兼吉は、長い時間をかけて、屋敷の建物から出た。

武家屋敷の塀を乗り越えられないかと、ぐるりとまわってみる。

すると、屋敷内の塀の側に植えてある松の木が足掛かりとなった。

「あっしは木登りが得意ですから、なんのことはありません」

兼吉が松の木から塀に乗り移ったとき、

「あっ、兼吉!」

屋敷のほうから甲高い声がした。

びくっとして、兼吉の体が固まる。

俊作が振り向くと、庭の片隅で、真っ赤な打ち掛けを纏《まと》った女が、塀の上を見上げていた。

「気にせずに、早く降りるのだ」

俊作の押し殺した声で呪縛が解けたのか、兼吉は塀の外へと飛び降りた。

「どこへ、どこへ、行くのです……?」

抑揚のない甲高い声が近づいてくる。

俊作は、松の木の根元にうずくまり、様子をうかがった。

足音が近づき、

「兼吉……兼吉……」

女の声が間近でした。

木陰から顔を出して見ると、屋敷の廊下で見た女が立って、塀の上を見上げている。

月明かりに、真っ赤な打ち掛け、白蠟《はくろう》のような肌がくっきりと浮かび上がり、その焦点の定まっていない瞳は、妖しげな光を放っていた。

(幽鬼のようだ……)

俊作は、悪寒を感じつつ、魅入られたように、女を見上げていた。

「お嬢さま、いつのまにこんなところに」

野太い女の声がして、足音が近づいてくる。

「こんな夜更けに庭に出ては、お体に障ります。さ、戻りましょう」

女に抱きかかえられて、引き戻される白い肌の女は、

「か、兼吉……」

手を塀の上へ伸ばした。

「はいはい、明日また兼吉と会わせてあげますよ」

なだめる声と、兼吉を呼ぶ声が遠ざかって行った。

俊作は、女たちの気配が消えると、屋敷の中へと戻って行った。

七

翌朝、バタバタとあちこちで足音がするので目が覚めた。

眠りが足りずに、朦朧《もうろう》としており、

(なんだ、いったい……)

訝しく思ったが、

(ああ、そうだった!)

自分がしでかしたことだと分かり、笑みが広がる。

声を出して笑いたかったが、なんとか我慢をした。

隣室でも、市助の起き上がる気配がした。

いまごろ兼吉は、助左衛門の長屋にいるはずである。

俊作が、助左衛門の長屋を教え、自分が兼吉であることを話して、しばらく匿《かくま》ってもらえと言っておいたのだった。

兼吉のことを助左衛門がおまきに知らせ、二人は再会するだろう。そのあとのことは、どうなるのか俊作には見当がつかなかった。

とにかく、兼吉を見つけて連れ出すことで、俊作の仕事は終わったことになる。あとは、石見守の下屋敷での用心棒を勤めればよい。

俊作は起き上がって、大きく伸びをした。そのとき、障子ががらっと開き、

「おい、おぬし、昨夜はどこにいた」

きつい声で訊くのは、眉毛の薄いずんぐりした武士だった。

助左衛門を追い出した吉左衛門だろう。

「昨夜は、九つごろまで起きており、そのあとは眠りましたが……なにか?」

「本当か?」

うさん臭げに俊作をじろじろと見る。

「あの……」

襖が開いて、隣室の市助が顔を出した。

小さな丸い目をした顔の四角い男で、一徹な職人という雰囲気が漂っている。

俊作は、前夜に一度、挨拶をしただけである。

「いったいなにがあったのですか」

市助の問いに、

「お前の知るところではない。いいか、二人とも許可なくここを出ることまかりならぬぞ」

いかめしい顔で、俊作と市助を交互に見た。

「まあ、用心棒ですから、ここを離れるわけにはいきません。ですが、厠くらいはよいでしょう?」

「む……それもいまは駄目だ」

問答無用とばかりに言い放ち、障子をぴしゃりと閉めた。

「じゃあ、あっしは朝飯の前に仕事をしまさ」

市助が襖を閉める。

俊作は自分で布団を畳むと、畳の上にどっかりと胡座《あぐら》をかいた。

しばらく慌ただしい足音と、なにを言っているのか分からないが、声高な話し声があちこちから聴こえてきた。

俊作が疑われるのは予期していた。だが、なにも証拠がないだろう。

そうタカをくっていたのだが……事態は予期せぬ展開を見せた。

しかも、俊作にとって、まことに都合がよい展開である。よすぎると言ってもよいだろうか。

バタバタと俊作のいる部屋の前を走る音がし、

「賊は塀を乗り越えて入ったようだ」

「外に梯子《はしご》が立てかけてあったそうじゃないか」

遠ざかりながらの会話が、俊作の耳に聴こえた。

(梯子?……いったいどうしたわけなのだ。本当に賊が入ったのだろうか)

しかし、そんな気配は、昨夜感じなかった。

俊作は、狐につままれた面持ちである。

やがて、朝餉が運ばれてきた。運んできた女中に、なにがあったのか訊いたが、なにも分かりませんと首を振るだけである。本当に知らないようだ。

騒然とした物音が静まってきたのは、半刻(一時間)ものちのことだった。

市助が顔を出し、厠へ行きたいのだがと言う。

「出るなと言われても、畳の上で用を足すわけにはいかぬだろう。私がついて行けば問題なかろう」

俊作は、市助と厠へ行き、市助のあとに、ついでに自分も用を足した。その間、何人もの武士が厠の前を通りすぎたが、咎《とが》める者はいなかった。

おそらく、外からの侵入者があったという証拠があるので、俊作への疑いは晴れたようである。

部屋に戻って、隣室から聴こえる市助の木を削る音をぼんやりと聴いていたのだが……。

「御免」

部屋の外で声がし、俊作の返事を待たずに、障子が開けられた。

中腰で入ってくると、すぐに障子を閉めたのは、初老の武士だった。

痩せて目が細いが、目の光は鋭い。

細い目に対して、眉毛がやけに黒々と太く立派なのが、不釣り合いである。

「身共は、織部石見守の用人を勤めている佐伯主水《さえきもんど》と申す」

軽く頭を下げる。

「私は、信州浪人の滝沢俊作です」

「滝沢どの、外からの侵入者があったゆえ、この下屋敷、さらに力を入れて警護せねばならぬことになった。上屋敷からも屈強の者を選りすぐって詰めさせるゆえ、これにて用心棒の任は解くことにいたす」

懐から巾着《きんちゃく》を取りだすと、俊作の前に滑らせた。ずいぶんと重そうだ。

「はあ……そういうことならば。しかし、見ればかなりの金子《きんす》が入っているよう
にお見受けいたしますが、それほどの仕事もしておりません」

戸惑っている俊作に、

「桑原どのの手を煩わせたこともあるゆえ、なにとぞ、お納めいただきたい。桑
原どのには、佐伯主水がよろしく申していたと、お伝えくだされ」

「はい。ところで、昨夜の侵入者の目的はいったいなんだったのですか」

俊作の問いに、

「それは、身共にも皆目見当がつかぬこと」

ちらりと市助のいる隣室との境にある襖を見て、俊作に目を転じた。

市助の手前、なにも訊いてくれるなと、訴えているような気がする。

「これにて御免」

と言って、部屋を出て行く佐伯主水に、俊作は黙って頭を下げた。

「こんなにもらってしまいました。合わせて五両ほどもあります」

茂兵衛の前に、俊作は巾着を置いた。

自分の長屋へ帰る前に、俊作は茂兵衛の隠宅に寄ったのである。織部石見守の下屋敷からは、茂兵衛の家のほうが近いということもあった。

「ありがたく頂戴しておけばよい。わしに分けぬでもよいぞ。わしは、別にもらっておるのだ」

にやりと茂兵衛は笑った。

茂兵衛の隠宅で、俊作は茶を飲んでいるところである。

「はあ……では、荒垣どのと分けましょう」

「あんたも人がよいの。助さんは、真正面から探りすぎてお払い箱になったのだよ。もうすこし上手くやればよかったものを。後釜で、あんたを入れるのに、佐伯主水も説明に苦労したそうだ」

「用人の佐伯主水は、桑原どのとはいったいどういう……」

「なに、あの者の息子が、以前わしの道場に通っていたのだ。剣の素質はなかったが、素直な子でな。わしを慕っていたので、父親もわしのことを覚えていたのだろうよ」

「いったい、桑原どのはどこまでご存じなのですか。出来れば、此度《こたび》のこと、教えていただきたいのですが」

「おぬしは、どこまで知っておるのだ」

「私は、兼吉を逃がすときに、とんでもない姫さまに懸想《けそう》されたと聞いただけですが……」

下屋敷の塀に辿りついたとき、俊作は好奇心を我慢できずに、なぜ監禁されていたのか訊いたのだった。

だか、兼吉も詳しいことは分からず、妙な女に迫られ、拒みつづけており、その女が、どうやら身分の高い武士の娘であることだけしか分からないと答えた。

「そうか。いや、わしも初めはほとんど内情を知らなかったのだ。ただ、佐伯主水が、ひとりの若い職人を救い出すために手を貸してほしいと言ってきたのだよ。ちょうど指物師に仕事をさせるために、下屋敷に住まわせているが、その職人の用心棒という名目で、腕の立つ浪人を屋敷の中へ入れ、若い職人を救い出してくれと言うのだ」

用人とはいっても、石見守の娘の面倒までは手がまわらない。この娘は、幼いころから奇行が目立ち、尋常ならざる性癖も持っているという。

いわば狂気にとりつかれているわけなのだが、石見守が溺愛《できあい》しているので、娘の行動を縛ることは出来ず、なんとか表沙汰にしないだけで精いっぱいなのであった。

この娘、名前を美和《みわ》と言ったが、注文した簪を届けにきた職人に一目惚れしたのである。

その職人が兼吉で、すぐに屋敷に連れてまいれと駄々をこね、その通りにしたら、今度は屋敷に住まわせろ、毎日顔を見ないと、自らの命を断つとまで言い出す始末。

仕方なく監禁したのだが、毎日、気の向いたときに美和は兼吉の元を訪れ、頬ずりしたり、手を嘗《な》めたり、抱きついたりと、人形や犬猫を可愛がるように、兼吉を弄《もてあそ》んでいたのである。

それ以上のことも要求しようとしたが、さすがに兼吉の抵抗に遭って成すことが出来なかったらしい。

なんとか兼吉を解放してやろうと思った佐伯主水だが、石見守に言ってもうるさそうにするだけで、まして自分の裁量では如何《いかん》ともしがたい。

ちょうどその時に、指物師による仕掛け箱の競い合いが始まった。

石見守が肩入れをする職人の市助は、右に並ぶ者のない指物師ではあるが、たったひとつ欠点があった。それが博打《ばくち》で、博打を打ち始めると、仕掛け箱どころではなくなる。そこで、下屋敷に詰めさせて作業させることになった。

市助の用心棒ということで、外から人を入れ、その者に兼吉解放のために働いてはもらえないだろうかと、佐伯主水は茂兵衛に相談したのである。

「なぜ、そうしたことを教えてはくださらなかったのですか」

俊作は当然の問いを発した。

「助さんは、芝居が下手だと思ってな。初めから事情を知って入りこむと、すぐに怪しまれると危ぶんだのだ。事情はおいおい教えるはずだったのだが、あんたが助さんに、兼吉のことを探索してくれと言ったから、案じていたとおりになってしもうた。

あんたが代わりに用心棒になったときは、兼吉が下屋敷にいることを確信しているようだったから、話さずともよいと思った。それに、下屋敷の中に、あんたに味方する者がいると知れば、心に隙も生まれよう。なにも教えぬほうが、油断せずに成し遂げると踏んだのだ。もし危ないことになったら、陰で佐伯どのが力を貸すであろうしな。あまり心配はしておらなんだわ」

その言葉で、俊作は、外からの侵入者のことを思い出した。

「塀の外に梯子がかけてあったのですが、あれは佐伯どのがしたことでしょうか。あれで、私への疑いが晴れたようです」

「織部という旗本は優秀な奉行らしいが、家では途端に能無しになるようだ。そうした主人を持つ用人の苦労は計りがたいの。わしなぞ、道場ひとつ維持するのが面倒になって、放り出したのだから、佐伯どのの忍耐には頭が下がるわ。だからといって、心を入れ直して道場をまたやろうとは到底思わぬがな」

茂兵衛は、あははと能天気に笑った。

「ところで、兼吉に荒垣どのの長屋へ行くように言ったのですが、なにかご存じですか」

「さあて、なにも聞いておらぬが……ともかく、ひと仕事終わってホッとしておるのだろう。わしと一手指さぬか」

将棋を指す手真似をする茂兵衛に、兼吉のことが気がかりだからと言って、俊作は隠宅をあとにした。

八

助左衛門の長屋へ行くと、

「おう、もう仕事は終わったのか」

昼寝をしていたらしく、助左衛門は眠そうに目をこすった。

「兼吉はどうしました」

「うむ。おまきを呼んだら、ふたり抱き合って喜んでおったぞ」

「そうですか。喜んでましたか」

笑顔になったおまきの顔が浮かぶ。

「あの二人、一緒にしてくれと、親に頼むと言っておったが、さてどうなることやら……」

「認められなければ、駆け落ちするのでしょうか」

「親が、少し待てと言って、ときを稼ぐのがよいのだが、頑固な親ほどそれをやらん。端《はな》から駄目だと言うと、余計に燃え盛るのが若い者の気持ちだからのう。どうなるやら」

「……………」

二人がこのあとどうなろうと、口を挟む立場にないのだが、やはり気になることはたしかだった。

数日が経った。

西光寺境内での素振りは、毎朝欠かさずにつづけている。

朝が明けぬ前に、素振りを始めたころである。暗い境内の中を助左衛門が透かし見て、

「おっ、久しぶりだな」

灯籠のほうに向かって声をかけた。

おまきと兼吉が、そこに立っており、俊作たちに辞儀をし、近寄ってくる。

「あっしを助けていただいて、ありがとうございました。お礼にうかがおうと思いつつ、いなかった分の仕事がたまってしまっていて……」

すまなそうに兼吉が俊作に言った。

「あたしこそ、あれからごたごたしていて、真っ先にお礼にうかがうべきでしたのに」

おまきがまた深々と頭を下げた。

「いやいや、そんなことはかまわないが、これからどうするか決めたのか」

俊作の問いに、

「はい。何年経っても、許しが出るまで我慢しようって」

「ということは、縁談は？」

「あれは、なしになりました。だって、若旦那は女中に手をつけて子を孕《はら》ませたそうで、私の親が怒って破談にしたのですもの」

親が嫁がせようとしていた若旦那は、素行不良であったようだ。

「なんにしても、よかったのう」

助左衛門が、愉快そうに笑うと、俊作も、おまきも兼吉もつられて笑った。

暁闇《ぎょうあん》に、やっと朝の光が差し始めたばかりの江戸の町で、西光寺の境内だけが、ひときわ明るさを増したようである。

第二章　隻眼《せきがん》の犬

一

大工の女房おはるが、たまらなくよい香りとともに、俊作の部屋を訪れたのは、凍《い》てつく風が肌を刺す寒い日の昼だった。

たまらなくよい香りとは、おはるの作った煮染《にし》めの旨《うま》そうな匂いである。

嗅《か》いだ途端に腹がぐーっと鳴った。

「多く作りすぎたから、食べてくださいよ。ひとりで食べきれなかったら、荒垣の旦那にも分けていいから」

「これは、かたじけない。ご亭主によろしく」

「うちの宿六なんて、気にしないでいいんですよお」

小太りの体をくねくねさせて、おはるは笑うと帰って行った。

湯気の立った大根や昆布の煮染めは、丼に山盛りでひとりで食べるにはもったいなく思われる。

(早速、荒垣どのにも)

俊作は、丼を持って、外に出ると、隣の腰高障子越しに、

「荒垣どの。開けますよ」

声をかけて、腰高障子をがらっと開けた。

「おやっ」

思わず声が出た。

というのも、土間に大きな茶色いものが横たわっていて、危うくつまずきかけたからである。

「踏みつけないように、早く入れ」

搔巻《かいまき》にくるまっている助左衛門が、俊作に手招きする。

茶色いものは、よく見れば尻尾《しっぽ》がある。それは犬だった。

犬が助左衛門の部屋の土間にいるなどとは思わぬから、俊作は驚いた。

腰高障子を閉めると、丼を持って、俊作は犬をまたぐ。

すると、ぺたりと横になっていた犬が首をもたげ、俊作を見た。どこにでもいる雑種犬だが、

「おや……」

犬の右目が、大きな傷を受けてふさがっているのが無惨である。

「こいつは旨そうな煮染めだ。おはるが持ってきたな。どうも、あの女房、おぬしにぞっこんのようだな」

「なにを言ってるんですか。それよりも、この犬はどうしてここにいるのです。怪我は治っているようですが、しかしひどい……」

「その話はおいおい……飯はまだだろ。煮染めを食ってからだ」

助左衛門は、冷や飯を持ってくる。冷や飯には、火鉢にかけた鉄瓶から熱い湯をそそいだ。

俊作も、煮染めと、湯をかけた冷や飯をぱくついた。

丼の中は空になり、飯のなくなった碗に湯を入れて飲み干す。

「ほう、だいぶ体があたたかくなったぞ」

助左衛門が、満足げな声を出すと、煮染めの丼に残った汁に、冷や飯の残りを入れて掻きまわした。それを、犬の前に置く。

「おい、これでも食え」

するとと、犬はのっそりと立ち上がり、丼の中のものを食べ始めた。煮染めのお裾分けはありがたかったぞ」

「腹が減ってきたが、用意をするのが億劫《おっくう》だったのだ。煮染めのお裾分けはありがたかったぞ」

「実は、私も疲れていたのか、寒さがこたえて、昼餉《ひるげ》を作る気力が湧きませんでした。おはるのおかげで、満腹になれましたよ」

このところ、冬というのにけっこう暖かかったのだが、その日は急に冷えこんだ。

だが、冷えこんだとはいえ、早朝の稽古は休まなかった。

体が暖かくなるまで、二人は動きつづけた。いつもより長いあいだ、木刀を振りまわしていたので、終えたときには、かなりの疲労がふたりの体を包んでいたのである。

「この犬は、茂兵衛爺さんの家から帰る途中、道端で寝ていたやつだ。なにが気に入ったのか、わしにくっついてきて離れなくなり、そのままここまで連れてきてしまったというわけなのだよ」

稽古が終わったあと、助左衛門は、長屋へ帰る俊作と別れて、なにか仕事がないかと桑原茂兵衛の隠宅へ寄ったのである。

「仕事にはありつけなかったが、犬にはありつけたというわけだ。こいつの肉で、当分食いつなげるぞ」

「こ、この犬を食べてしまうというのですか」

俊作は、土間で丼のものを食べ尽くし、なおも丼を嘗《な》めている犬を見た。

貞享《じょうきょう》四年（一六八七）第五代将軍徳川綱吉《つなよし》が、生類憐《しょうるいあわれ》みの令を発布するまでは、江戸の町に犬を食用とする習慣があった。

薬にもなるとも考えられ、江戸だけでなく広く日本国中が、犬を食べることに、あまりためらいがなかったようだ。

生類憐みの令によって保護された動物は、犬や猫だけでなく、鳥、魚類や虫などに及んでいたのだが、綱吉が丙戌《ひのえいぬ》年生まれのため、特に犬が保護された。

綱吉自身も犬好きだったといわれる。

なぜ、生類憐みの令なるものが出されたかというと、綱吉に世継ぎが生まれなかったためだ。

綱吉の母桂昌院《けいしょういん》の寵愛《ちょうあい》していた僧隆光《りゅうこう》が、世継ぎの誕生のためには、あらゆるものの「殺生を慎む」ことが肝要と進言したのである。

誰もが悪法だと思っていた生類憐みの令は、宝永《ほうえい》六年（一七〇九）に、綱吉の葬式も終わらぬうちに廃止された。

廃止されてから、禁じられていた反動で、江戸の庶民が肉食を以前よりも好むようになったという説がある。

もちろん、愛玩される犬も沢山いた。

唐犬といわれたオランダから輸入された犬は、大型で口角が広く、吠える声がけたたましい耳の垂れた種類で、大名などが飼った。

猟犬や番犬として役立ったが、そうした獰猛《どうもう》な犬を飼っていることが権威の誇示になったこともある。

ほかに、鷹狩り用の犬や、唐犬ほどではないが、番犬となる犬がいた。

もうひとつ、庶民が家の中で飼っていた狆《ちん》がいたが、これは犬の範疇《はんちゅう》には入れられず「狆」という別の動物と思われていたようである。

ちなみに、綱吉は、狆を百匹も飼っていたといわれる。

さて。助左衛門の部屋の土間で、丼を嘗めている犬は、いったいどのような種類なのか、俊作には見極めがつかなかった。

その犬は、体の長さが二尺八寸（約八十五センチ）で、重さが五貫目（約十九キロ）ほどあろうか。

　耳は中程から垂れており、鼻はさほど長く突き出てはいない。

　猪田藩でも唐犬を飼っていたが、目の前の犬よりも、もっと獰猛な気配があり、体の色も濃かった。

「あはは、冗談だ。実はな、こいつ、わしになついているようで、可愛くなってしもうた。とても食えるものではない」

　助左衛門の言葉に、俊作は安堵《あんど》した。

　猪田藩の唐犬は獰猛とはいえ、顔見知りの者にはよくなつき、俊作も可愛がったものだ。

　一度なついた犬を食べるなどとは、俊作には、到底思い浮かべることが出来なかったのである。

「この目の傷はひどいものですね。人が斬りつけたように見えますが」

　右目を縦一文字に走っている傷痕《きずあと》は、刃物で斬りつけられたようだ。

「むごいことをする者がいるのだな。こいつが人を襲うとは思えぬのだが」

「野犬にしては、人になついているようですし、おそらく誰かに飼われていたのでしょうね」

「そうだろうな。だが、そこへ戻る気がないのか、戻れないのかは、分からぬがな……」

江戸の町では、武家や商家が飼っている犬以外に、よく人になついた犬を見かける。首輪もなく、鎖にもつながれていないが、これは野犬ではない。かといって特定の者に飼われているわけでもない。

地域の犬として、そこの住民が食べ物を与えているのである。

そうした犬が子を産むと、長屋の雪隠《せっちん》の裏や、掃き溜めの隅などに小屋を作って、そこで母犬に子犬を育てさせた。

「この犬、この長屋で育てることになるのでしょうね……まさか、この部屋に置いておくわけではないでしょう」

俊作は、ずっと土間で飼うことはないだろうと思って言うと、

「だが、そこが気に入っておるようなのだ。出て行くというのなら止めはしないが、そこが好きなら、そこにいさせようと思っておる」

だから、踏んづけないように気をつけてくれと助左衛門は言った。

「はあ……で、名前はつけたのですか」

「うむ、つけたぞ。小僧という名だ。一つ目小僧が由来だ」

この名前には、俊作、虚を衝《つ》かれた。

「そうですか。それは意外です」

「そうか？」

「荒垣どのは、剣客らしく、政宗《まさむね》とか十兵衛《じゆうべえ》という名をつけるものと思いましたが、まさか妖怪からとは……」

「はっは、隻眼《せきがん》の犬だからか。それより、小僧のほうが可愛らしいではないか。なあ、小僧」

目をふさいだ傷も、そのどっしりと落ち着いた雰囲気も、小僧というにはふさわしくないような気がしたが、助左衛門には、可愛らしく見えるようである。

俊作は、この犬のどこが可愛らしいのかとじっと見た。

すると、厚く垂れたまぶたの下のまなこが、一心に助左衛門を見つめている。

この一途な純粋さが、助左衛門には可愛く思えるのだろうと合点がいった。

夜闇と冷気に包まれた大川端を、ひとりの按摩《あんま》が杖を頼りに歩いていた。

加納遠江守《かのうとおとうみのかみ》の上屋敷で、奥女中の肩をひとしきり揉《も》んできた帰りである。

目が見えないので、提灯《ちょうちん》は持ってはいない。途中まで送らせるという申し出を、慣れた道だからと断わってきた。

按摩の名前は吾市《ごいち》といい、四十がらみの小太りで中背の男である。

月をさえぎる雲が行ったりきたりで、大川端も明るくなったり闇に沈んだりしている。

四つ(夜十時)は、まだまわっていないが、寒さゆえか、吾市のほかに人通りはない。

御竹蔵《おたけぐら》の堀に渡された御蔵橋《おくらばし》が近づいてきた。

このあたりは、ずっと武家屋敷が連なり、さらに行けば百本杭と呼ばれる場所に出る。

川から、肌を突き刺すような凍てつく川風が吹き上がってきて、吾市はぶるぶるっと体を震わせた。

頭は剃りあげているので、そこから冷たさがきんきんと体に落ちてくるような気がする。

(早く帰って熱燗《あつかん》をひっかけたいものだ)

自然と足は早くなる。

そのとき、自分の足音だけが聴こえていると思ったのだが、もうひとつ足音が響いていることに気がついた。

ぴたりと吾市の足音に合わせているようだが、吾市には分かった。

吾市は、わざと歩調を乱れさせた。すると、もうひとつの足音は、その乱れに合わせずに、ひたひたと響いた。

(ただ歩調が同じだけなのだな……わざと気配を殺して近づいてくる奴がいるのかと思ったぜ……)

ひとまず吾市は安心したのだが……。

その足音は背後から迫ってくる。

近づいてくるとともに、足音は強くなり、人の気配も大きくなってきた。

吾市は御蔵橋を渡った。

渡り終わったころ、足音の主は吾市と並び、やがて追い越した。

前方へ去って行く足音に、吾市はまた安堵する。

だが……足音はぴたりと止まった。

吾市は、二、三歩進んだが、異様な気配を感じて立ち止まる。

身がすくむ恐怖に吾市の体がおののいたときには、すでに吾市の首は弧を描いて飛んでいた。

首が土手に落ちて転がり始めたとき、どおっと音を立てて、吾市の胴体が倒れこんだ。

足音は、首の後を追って、土手を下っていった。

二

「辻斬りか」

相生町の隠宅で、茂兵衛は岡っ引きの伝五郎《でんごろう》相手に茶を飲んでいた。

「へえ、首をすぱっと。かなりの手練《てだれ》の仕業《しわざ》だと坂崎《さかざき》の旦那が言ってやした」

きょとんとした丸い目を見開いて、伝五郎は言った。

伝五郎は四十すぎの小柄で小太りの男だ。

「甚之助《じんのすけ》がそう言っていたのなら、たしかだろう」

南町奉行所同心である坂崎甚之助は、以前、茂兵衛の道場に通っていた。すなわち、茂兵衛の弟子である。

「それに、妙なことに、斬られた首が見つからねえんでやす。どこへ転がっていったのか……」

「大川に落ちたのかの」

「へえ……ですが、土手を転がって川まで落ちるものでしょうか」

「人の首というものは、けっこう重たいしな。大川の土手はかなり長いから、おおかた途中で止まってしまうと思うが」

「だと思って、探したんでやすが、これが一向に見つからないんでやすよ」

「犬がくわえて持っていったか、はたまた鳥か……だとしたら、なかなか見つからないだろうの……ところで、三日前にも辻斬りがあったそうだが、場所は近いのか」

「それが、ほぼ同じ場所なんでやす。三日前の辻斬りは、胴体を袈裟懸《けさが》けに斬ってやしたが、一太刀で斬った痕《あと》が鮮やかなので、坂崎さまは、同じ者の仕業だろうと言ってやした」

「ふむ。人を斬ることに魅入られた気のふれた者か、あるいは……」

茂兵衛はふと黙る。

「あるいは、なんでやす？」

「大きな声では言えぬが、どこかの大名か旗本か、そうした手合いが名工に打たせたばかりの刀を手に入れ、その斬れ味を試させるための仕業だとしたら」

「いけねえいけねえ、そんなおおごとには関わりたくねえでやす」

「まあ、辻斬りをしている者を捕まえたとて、依頼した大名や旗本へは行き着くまい。名前が出たとしても、有耶無耶《うやむや》になるだけのことだ」

「それならいいんでやすがね」

「……ただ、捕まえた者が、大名や旗本の側近であったり、万が一本人だったら、これは大変なことになるやもなあ」

「そんな、脅かさねえでくだせえよ」

「そうなったら、同心風情の甚之助より、はるか上の問題だ。伝五郎親分が心を悩ますことはない。まあ、それほどのおおごとは、そうそうないと思うがな……それよりもだ、甚之助が手練だというほど腕の立つ辻斬りを、うまく捕まえられるか、それこそ大変だぞ」

「へえ……もちろん、大勢で囲んで捕まえやすがね」

「その算段はしてあるのか」

「何人かで張りこんでみるつもりでやす。同じ場所で辻斬りが起こっているのが気になりやしてね。二度あることは三度あるってことでさ」

「この寒い中、見上げたことだ。くれぐれも用心をしなさいよ」

「先生にそんな風に言われるなんて、ありがてえこってす。見ず知らずの者をいきなり殺《あや》めるなんて、ぜったいに許せねえ」

伝五郎は、小柄な体に闘志をみなぎらせた。

伝五郎の言ったとおり、三日前の辻斬りも大川端の御蔵橋の近くであった。

このときは九つ（午前零時）を過ぎており、夜鷹が胸元を深々と斬り裂かれていたのである。

南町奉行所同心坂崎甚之助は、多くの人が歩くために、もうもうと土煙が立った東広小路《ひろこうじ》の雑踏から、大川端のほうへ目をうつしながら、両国橋の上にたたずんでいた。

（はたして、伝五郎の張りこみが上手くいってくれるかだが……）

二度の辻斬りは大川端の御蔵橋のあたりで起こった。二度あることは三度あると伝五郎は言い、これから毎晩、御蔵橋のあたりに、何人か寝ずの張りこみをさせると言うのである。

すぐに今夜からというのは、斬る味を覚えた者は、また斬りたいという気持が抑えられず、我慢するまでの間がどんどん縮まってくるに違いないという考えからだ。

伝五郎の言うことは、甚之助も納得できる。

だが、甚之助は、強い不安に苛《さいな》まれていた。それというのも、辻斬りにあった者たちの体の斬り痕である。

(斬り味鋭い刀を、かなりの凄腕《すごうで》が使ったに違いない)

そのような相手が現われたら、伝五郎や下っ引きが敵《かな》うとは思えない。捕り方を多数待機させていたとしても、呼子で集まってきたときには、伝五郎たちは斬られて、辻斬りは逃げおおせているに違いない。

だから、自分も、余裕があれば張りこむつもりなのだが、毎晩明け方までというわけにもいかない。

ほかの同心に頼んでも、各々事件を抱えているし、しかも夜どおし張っていてくれとは言いにくい。

(いっそ、火付け盗賊改めにまかせて、ほかの事件にかかりっきりになるか)

などと、ふっと思うこともある。

だが、それは奉行所の同心として、我慢ならないことだ。なにかと火付け盗賊改めとは競っていて、お互いに相手の鼻をあかしてやろうと目論《もくろ》んでいる。

(与力の深沢《ふかざわ》どのに話して、応援を頼むしかないか……)

深沢宗太郎《そうたろう》という与力は、なにかにつけ慎重すぎるところがある。甚之助が頼んでも、助力を得るまでには、あと何人も辻斬りに遭《あ》わなくてはならないだろう。それまで待ってはいられない。

甚之助の顔に苦渋の色が濃くなった。

溜め息をついて空を見上げる。

白い雲がたなびき、青い空は突き抜けるように高かった。

吸い込まれそうな青空を見上げていると、甚之助の脳裏に、鼻筋が通った、目元の涼しい若侍の顔がとつぜん浮かんだ。

（すくすく育ちつつある若竹のようなお人だったな）

青空のすがすがしさに、つい連想したようである。

ついで、剣の師匠である茂兵衛の顔が、そして、むさくるしい無精髭《ぶしょうひげ》の助左衛門の顔も。

（荒垣助左衛門という浪人は、万《よろず》請け負いなどという仕事をしていると、桑原先生から聞いたな。荒垣どのも、そして滝沢どのもかなりの剣の遣い手だ。ひとつ頼んでみるか）

奉行所の同心がするべきことではないのだが、背に腹は代えられない。

そうした柔軟な考え方は、師匠の桑原茂兵衛に感化された結果だろう。だが、甚之助は、自分では、そうと気がつかなかった。

その夜の月は冴えていた。

大川端の武家屋敷が連なる道には、土手の柳の影がくっきりと濃い。御蔵橋の下の暗闇には、伝五郎と下っ引きの孫六《まごろく》が潜んでいた。川岸に、もやってある猪牙舟《ちょきぶね》の中には、下っ引きの仙吉《せんきち》が布を被って横になっており、布の陰から川岸と、その向こうの道を見張っている。

さらに少し離れて泊めてある屋根船の中には、助左衛門がいる。船の障子を薄く開け、そこから外を見ているのだが、

(やれやれ、このまま朝までいるのは、かなりの苦行だな……)

引き受けたことを後悔し始めていた。

船の中での張りこみを、少なくとも三日はつづけてほしいと甚之助から頼まれたのである。

報酬は、一夜二朱と割りがよい。甚之助の金だというから、同心の実入りはかなりのものだと助左衛門は感心した。

俊作はというと、もう一艘出そうという甚之助の申し出を、船が多すぎて目立つからと断わり、御蔵橋近くの武家屋敷の塀際に、ひときわ大きな楓の木があるのだが、そのうしろにぴたりと張りついている。

（俺はまだよいが、あんなところにいる滝沢は、寒さに凍ってしまうのではないか……）

真冬の夜である。いくら厚着をしていても、身も凍る寒さに、張りこみ自体が無謀なことかもしれない。

俊作も、この屋根船にいればよかったものをと思った。

助左衛門のうしろには、小僧がぺたりと腹を船底につけてうずくまっている。長屋に置いてこようと思ったのだが、ひょこひょことついてきてしまったのである。無駄吠えをしないので、そばに置いておくことにした。

一方、俊作はというと、

（心頭を滅却すれば火もまた涼し……ならぬ、寒風もまた暑し、かな）

などと繰り返し頭のなかで唱えていた。

なにしろじっとしているのが辛い。体を動かせば温まってくるのだが、それはできない。

ただ、ほかの張りこみの者も同じなのである。

ともかくこの夜はなんとかしのいだが、あとの二日は、もっと寒さをしのぐ工夫をせねばならぬなと思っていた。

(湯を入れた革袋を詰めておくとか……だが、すぐ冷たくなってしまうか)

俊作は、現われるかもしれない辻斬りよりも、寒さをしのぐことで頭がいっぱいだった。

大川端の通りを、何人もが通りすぎたが、四つ(夜十時)を過ぎたころから、ぱったりと人通りは絶えた。

さらに一刻(二時間)が経った。九つ(午前零時)の鐘が聴こえてきて、しばらくしたころ……。

ひたひたと、足音が聴こえてきた。

月の明るい夜なのだか、提灯をかざして、あたりをきょろきょろと窺いながら早足で歩いている。

中背の町人のようである。

おそらく、辻斬りの噂を聞き知っている者だろう。夜道に辻斬りがひそんでいないかと、不安な様子がうかがえた。

楓の木の陰から、俊作は近寄ってくる町人をじっと見ていた。

ひたひたと歩きつづける町人は、俊作の目の前を通りすぎる。

月の光と提灯に照らされた顔は、温厚そうな四十代のものだった。

なにごともなく町人は通りすぎ、ほかに気配はない。

ほっと俊作が息を吐いたときである。

ピーッ！

呼子の音が耳を打った。

川の流れる音以外はなにも聴こえてこないところへの呼子である。驚いて耳を済ますが、かなり遠くから聴こえてくるようだ。

その場から出るべきではないだろうと思ったが、案の定、御蔵橋の下からも、船からも誰も出てこない。

空が明ける前の七つ（午前四時）になると、御蔵橋の下から、伝五郎と孫六が出てきた。

道の真ん中へ出てくると、指笛を鳴らした。

俊作は、木の陰から出てくると、伝五郎に歩み寄る。

「もうここを通る者はいないでしょう。今夜のところは帰りやしょう」

伝五郎は失望の色をありありと浮かべて言った。

屋根船から出てきた助左衛門は、

「かなりきつかったぞ。明日もまたやるのか」

うんざりした顔である。

「へえ。なんとか捕まえたいので、お願いしやす。旦那がたが頼りなんで」

伝五郎に下手に出られると、

「仕方ないのう」

うなずかざるを得なかった。

「あの呼子はなんだったのかな」

俊作が誰にともなく言う。

「おおかた、どこかで押しこみがあったのでしょう」

ところが、この伝五郎の推測は外れていたのだった。

翌朝になり、寝不足で目を腫《は》らした伝五郎が、茂兵衛の隠宅に現われると、

「今夜の張りこみはなくなりやした。お二人に伝える前に、桑原さまにもと思いやしてね」

「どうしたのだ」

「辻斬りがまた出たんでやす。すぐに辻斬りがあるかもしれねえってのは、あっしの目算通りでやしたが、場所については、外れてしまいやした。今度は、北本所寄りの石原町だったんで……あっしが甘かった」

落胆の色を滲《にじ》ませて、伝五郎は溜め息をついた。

昨夜九つの鐘のあとに呼子が鳴ったが、あれは辻斬りに遭《あ》った死体を見つけた者が、自身番屋に通報し、駆けつけた町役人が吹いたものだという。

というのも、袴《はかま》に返り血を浴びた武士と出くわしたからであった。

月明かりに浮かんだ武士は、幽鬼のようだったと町役人は言っていたという。

「町役人は無事だったのかの」

茂兵衛の問いに、

「呼子を吹いたのはいいけれど、近寄って来たんで、一目散に逃げだしたそうでやす。まったくだらしねえ」

伝五郎は舌打ちをした。

「それは仕方あるまい。死人がもう一人増えなくてよかったと思わねばの」

「ですが、辻斬りの侍がどこへ行ったかくらいは突き止めてほしいもんじゃありやせんか」

夜っぴての張りこみが空振りに終わったせいか、伝五郎の機嫌は、すこぶる悪かった。

「帰って少し寝直したらどうだ。張りこみがなくなったことは、わしが助さんたちに伝えておこう」

茂兵衛が、伝五郎の隈《くま》の出来た顔を見て言うと、伝五郎は感謝した。

実は、わざわざ伝えに行くのは億劫だったのである。

三

辻斬りに遭った死体の検分のため、南町奉行所同心坂崎甚之助も、奉行所へ顔を出してから石原町へやってきた。

伝五郎が、茂兵衛に愚痴をこぼしているころのことだ。

筵《むしろ》を剝《は》いで死骸《むくろ》を見てみると、最初の夜鷹と同じく袈裟懸けだが、逆袈裟に斬られていた。

(下手人が同じだとしたら、夜鷹を袈裟懸けにし、按摩の首を撥《は》ね、今度は逆袈裟か……斬り方を楽しんでいるのか……)

ただでさえ寒い冬の朝だというのに、背筋が凍るようなおぞましさを、甚之助は感じた。

死骸は、四十くらいの男で、按摩の吾市と同年配であろうか。小太りの吾市に比べて、痩《や》せて骨ばった男である。

筵を被せようとして、死骸の右胸の傷口のあたりである。

それは、死骸の右胸の傷口のあたりである。

黒ずんだ傷の右の肌に、鮮やかな朱色がついているのである。

それは傷のあたりに描かれた刺青《いれずみ》の端の部分のようだった。

(これは、なんの絵だろう……いや、字かも知れぬが)

斜め右上に大きめに弧を描いた線、その下には小さめの弧が。

左にも同じような弧があるのではないか。頭の中で、傷がなければ、どのような絵があったのかと思い描いて見る。すると……。

「蝶《ちょう》だ！」

思わず声が出た。

蝶だと思って見てみると、触覚のような線が右上に見える。

(胸に小さな朱色の蝶の刺青か……なにかのまじないなのか、それとも、なにか謂《いわ》れでもあるのか)

甚之助は、四十男の胸に蝶の刺青があったということが、どうにもひっかかった。なにか、意味があるように思えてしかたがない。

俊作も助左衛門も、昼近くになってようやく起きてきた。

偶然だが、二人とも同時に井戸に水を汲みに出た。

「あらあら、二人とも揃って夜遊びしてたのかい」

井戸端にいた大工の女房のおはるが、声をかけてくる。

「そんな楽しいことではないわ。お前らを守るために、怖い鬼を退治しようとしていたのだ」

助左衛門が、欠伸《あくび》をしながら言う。

「へええ、鬼退治ですか。それで、上手く退治できましたかね。金銀財宝はありましたか」

「いいや、俺たちが怖くて、鬼は出てこなかったのだ。とんだ骨折り損だったわい……」

また、ふわあと欠伸をする。

「昨日の呼子が気になりますね」

俊作が、助左衛門に囁《ささや》いた。

「あとで茂兵衛爺さんのところへ行こう。今夜も張りこみをやるのかどうか、爺さんのところに、伝五郎から話がいっているだろう。そのときに、昨夜の呼子のことも分かるかもしれぬぞ」

「そうですね。その前に、私は素振りをします」

張りこみのせいで、早朝の素振りをやっていない。ここのところ毎朝の習慣になっているので、しないと気持ちが悪いのである。

「おぬしも好きだのお……俺は、休むぞ。もうひと眠りしたいのでな」

ところが、朝餉を済ませて長屋を出ると、助左衛門も出てきた。

「こいつが一緒に行こうとうるさいのだ」

犬の小僧が、盛んに尻尾を振っている。

助左衛門は、小僧を部屋から出しておいたのだが、いつのまにか部屋に入っており、土間から上がってきて、寝ている助左衛門の顔をペロペロと嘗めて起こすのだという。

「障子をいい加減に閉めたから、隙間でもあったのだろう。鼻で押し開けて入ってきたようだ」

この寒いのに、戸締りがいい加減なところが助左衛門らしい。俊作は、思わず笑ってしまった。

俊作と助左衛門が歩きだすと、小僧は嬉しそうについてくる。

ひとしきり素振りをすると、俊作は助左衛門と立ち合いをした。

木刀での立ち合いは、寸止めである。つまり、相手の体に木刀が打ち据えられる寸前で止める。

打ち合っている二人の気合いを、激しく乱す者がいた。

いや、者ではなく犬である。

小僧が、二人に向かって盛んに吠えている。

「どうした、小僧」

木刀を下ろして、助左衛門が小僧に訊《き》くと、吠えながら体の向きを変え走り出す。すぐに止まり、こっちへ来いと言うように、また盛んに吠えた。

「なんだ、なんだ」

助左衛門は、木刀を肩に担ぐようにして小僧のあとについて行く。俊作も、そのあとにつづいた。

西光寺境内の隅にある杉の木のところまでくると、小僧は吠えるのを止めて、じっとこちらを見ている。

杉の根元近くに穴が空いていた。小僧が掘ったものだろう。

その穴を見やって助左衛門は、

「おおっ……」

絶句した。遅れてやってきた俊作が、助左衛門の隣で穴を見る。

穴の中には、禿頭《とくとう》の男の首があった。

「寒さのせいでしょうね。首は腐らずに半ば凍っていました」

南町奉行所同心坂崎甚之助は、茂兵衛の隠宅へやってくると、座る前に勢いこんで言った。

茂兵衛の隠宅には、俊作と助左衛門が待っていた。

首を見つけたあと、自身番屋に知らせ、飛んできた伝五郎に見つけたときのいきさつを話した。

伝五郎は、昼寝しているところを起こされたのである。

「あとで、坂崎の旦那がなにか訊きたがるかもしれやせんから、待っていてもらえやせんか」

伝五郎に言われたが、二人とも腹が鳴ってたまらない。

そこで、茂兵衛のところへ押しかけ、甚之助を待っているあいだに昼餉を馳走になろうと、助左衛門が言い出した。

甚之助が、よく茂兵衛の隠宅へ行くことを知っているゆえである。

「首を見つけたのは小僧の手柄だから、この二人よりもよいものを馳走してやったわい」

茂兵衛が庭を指差す。

庭では、小僧がくんくんと臭いを嗅ぎながら、うろうろしている。

「小僧？……あの犬のことですか。鼻が利くようですからな、犬は」

「この爺さん、俺たちには、鰯《いわし》と漬け物だけなのに、小僧の奴には鶏の肉をやりやがった。なんてえ待遇の違いだ」

助左衛門が憎まれ口をたたく。

「まあまあ。ところで、あの首のおかげで、辻斬りがただの辻斬りではなかったことが分かりました」

甚之助の言葉に、茂兵衛たちは一様に驚いた。

「斬られた者たちに、つながりがあったということですか」

俊作の問いに、

「そうなんです。ただ、まだどんなつながりなのか定かではないのですが」

甚之助は、逆袈裟に斬られた石原町の町人の右胸に、朱色の蝶の刺青があったことを話した。

そして、小僧が掘り出した首は、二日前に辻斬りに遭った首なし死体の首であったが、その首の横にくっきりと朱色の蝶の刺青があったというのである。

「石原町の死骸の刺青は、一部しか見られず、あとは刀傷で消えていますが、その一部を写し取っておきました。それと比べてみて、どうやら首の刺青はそっくり同じもののようなのです」

そこで、最初の辻斬りに遭った夜鷹の死体にも、刺青があったかどうか、死骸を掘り出して調べさせているところだという。

「これが暑い夏なら、腐り始めているでしょうが、この寒さですから」

首と同じように、半ば凍結していると思われる。

そこにも、刺青の痕跡があるとしたら、辻斬りは、ある特定の者たちになされていることになるのだ。

「そこで、半年前に堅川に浮いていた死骸のことを思い出しました。死骸が誰かも分からず、無宿の流れ者のようなので無縁墓地に葬られたのですが、この死骸の左腕が肩口からすっぱりと斬り落とされていたのです。斬り痕が尋常ならざる腕前の者によってつけられたことはたしかです」

「すると、その左腕にも同じような刺青があったのではないかと」

俊作の言葉に、

「まあ、斬り合いの揚げ句、腕をばっさりといったことなのかもしれませんが、三人もつづいていると、半年前のこともつなげてみたくなるものでして」

甚之助は、あくまでも根拠のない推量だと言った。

「ただ、斬られた痕の見事さは同じだということですね」

「そうです。堅川に浮いていたのはわずかのあいだのようでしたので、斬られた傷をはっきりと検分できました」

「また小僧が見つけてくれればよいのだがな」

助左衛門が、まんざら冗談でもないような顔で言う。

「ただ半年前だからの。もう骨だけだ」

茂兵衛が決めつけたので、助左衛門は苦笑いをした。

「ともかく、ただの辻斬りではないと分かりましたので、場所を決めての張りこみをしても、無駄骨になるでしょう」

甚之助の言葉に、俊作も助左衛門もほっと安堵の息を漏らした。

（おっと、忘れておった。張りこみは止めたと伝えねばならなかったのだ。まあ、どうせ伝わったわけだから、これでよいのだ）

茂兵衛は、横を向くとぺろりと舌を出した。

四

小僧は、助左衛門になついているが、長屋の子どもたちなどにはなつかず、知らんぷりをしている。

犬ながら、なにか鬱屈《うっくつ》があるのか、あるいはただの人見知りか、あまり外には出ずに、助左衛門の部屋の土間にいることが多い。

助左衛門が出かけるときには、ついてくるのだが、無駄吠えはせず、一膳飯屋などに入るときは、外でじっと控えている風なのが、いじらしい。

伝五郎の手助けの必要もなくなり、三日が経った。

夜になり、俊作は助左衛門に、酒を飲もうと誘われた。

松井町にある料理屋、松葉屋《まつばや》は手ごろな値段で料理は旨い。近くに住んでいる町人で賑わっていた。

助左衛門は、この店の常連である。

この店には、小僧も入ってよいと店主の許しが出ており、俊作と助左衛門が呑んでいる足元に、寝そべっている。

「小僧だが、こうやって俺たちが食べて呑んでいても、己にもくれとせがんでは来ぬ。腹を空かせているときもだ。よほどしつけられていたのだと思えるのだが、おぬしはどう思う?」

助左衛門の問いかけに、俊作は少し考えて、

「私もそう思います。犬や猫は遠慮というものがありません。己の空腹を満たすためには、見境がないはずです。ところが、この小僧は人の顔をうかがっている節《ふし》があります。厳しいしつけをする者に飼われていたのでしょう」

「だとすると、その飼い主はどうしたかだ。これだけ賢いならば、飼い主のところへ戻るはずだが、そうはしない。ということは、すでにこの世にはいないということなのだろうか」

「そう思います。そして、その飼い主は荒垣どのと同じような臭いのする人では

なかったかと……」

「同じような臭いとな……はて、どんな臭いなのだ。屁《へ》の臭いが似ておるとしたら、同じようにろくなものを食べてはおらぬ者ということになるが」

俊作は、助左衛門の言葉に笑うと、

「酒呑みの屁だからかもしれませんが」

冗談につきあってから、

「はっきりとは言えませんが、おそらくそれは……剣客の臭いかもしれませんね。荒垣どののように、何度も死線をくぐってきたような」

「さほど死線をくぐってはおらぬが……」

助左衛門は、複雑な表情で小僧を見ると、

「お前の主人は、剣で倒れたのかのう……」

優しげな目で語りかける。

小僧は、残ったひとつの目をきょとんとさせて、助左衛門を見上げた。

その者は、暗闇に端座していた。

闇が、その者のところで固まっているようだ。

だが、いきなりの動きで、固まった闇が一気にうねって流れる。

腰に差したままの刀を、その者は抜刀したのである。

びゅんと闇を斬る刃音がし、鞘に納められる音がすぐにつづく。

また、その者は端座し、闇が固まる。

やがて、とつぜんの動きで固まった闇が動き、刃風が闇を揺らす。

その者は、暗闇の中で居合を繰り返しつづけた。なにかにとり憑《っ》かれたように……。


夜鷹の死骸が掘り返され、はたして左胸の乳の上に、朱色の蝶の刺青があったことがうかがえた。

石原町で辻斬りに遭った死骸と同じく、袈裟懸けに斬った刀は、蝶の真ん中を斬っており、羽根の部分が分かる程度ではあったのだが。

坂崎甚之助から十手をあずかっている岡っ引きの伝五郎と、その下っ引きたちは、江戸の闇社会に巣くう連中にそれとなく近づき、朱色の蝶の刺青の意味するところを探っていた。

ついにそれが分かったのは、最後の辻斬りがあってから七日後のことだ。

そのあいだ、辻斬りは影をひそめている。

坂崎甚之助が茂兵衛の隠宅を訪れたとき、俊作は茂兵衛の将棋の相手をしているところだった。

俊作は、生活に切羽詰まっていないせいか、どうやって毎日の糧を得るか、仕事を如何《いか》にすべきか、その実践を先延ばしにしていたのである。

助左衛門の万請け負いのおこぼれだけでは、到底暮らしは成り立たないと思っていたが、余裕があるので、茂兵衛との将棋を楽しむことを、つい優先してしまうのである。

「どうですか、滝沢どのは手強《てごわ》いですか」

甚之助が訊くと、

「ふん。たいしたことはないのだが……」

「勝敗は五分と五分。つまりは、桑原どのもたいしたことないということになりますか」

俊作が笑いながら言った。

その勝負は俊作の勝ちになり、二勝二敗となる。

「今日は引き分けということで、さて、甚之助、なにか面白い話を持ってきたのかの。それとも、わしと将棋を指しに来たのか」

「面白いかどうか分かりませんが、辻斬りに遭った死骸の刺青のことが分かってきたのです」

「なに、それは是非聞きたいものだの。なあ、滝沢さん」

「ええ……」

俊作も、辻斬りをひと晩見張っていたので、事件を身近に感じていた。

「朱色の蝶の刺青を体のどこかにしているのは、紅蓮《ぐれん》のお蝶という盗っ人の配下の者たちのようなのです」

「紅蓮のお蝶……なんとも恐ろしげな」

「どんな女なのでしょうか」

茂兵衛と俊作が口々に言う。

「それが、見た者はいないのです。ただ、紅蓮のお蝶の手下だったことがあると、得意になって刺青を見せびらかしていた男と話した者がいました」

それは、新八《しんぱち》という博徒で、賭場で知り合った男と呑んだおりに、酔っぱらった相手が蝶の刺青を見せたのだそうだ。

新八と呑んだ男は、四十絡みの町人で、名を三吉《さんきち》といい、詳しく聞けば、石原町で辻斬りに遭った男のようだった。

「紅蓮のお蝶ってのは、そりゃあもう鉄砲肌の滅法いい女で、しかも頼りになる姐御《あねご》なんだぜ」

子分たちは、お蝶への忠誠を誓うために、体に朱色の蝶の刺青を入れたのだそうである。

三吉は、右胸にしてあり、なぜそこにするのかというと、

「襟元を開けると、チラリと見えるのが粋ってもんじゃねえか」

と、得意気に言ったそうである。

分かったのはそこまでで、新八はもっと知りたくなり、いろいろ訊いてみたのだが、三吉が酔いつぶれてしまい、それ以上は聞けなかった。

酔いが覚めてのち、もう一度訊いてみると、

「おいら、そんなこと漏らしたのか……おい、絶対に他人には紅蓮のお蝶のことを言わねえでくれよ」

青くなっていたという。

「辻斬りに遭った者たちが、みな蝶の刺青をしていたということは、紅蓮のお蝶の手下の者たちへの恨みを持った者がいるということでしょうか」

俊作の言葉に、

「それは最もあり得ることでしょう。そのほか、紅蓮のお蝶一味の中で仲違《なかたが》いが起きたか、あるいはお蝶を裏切った者たちが粛清を受けているということもあり得ます」

これから、さらに探索をつづけ、辻斬りの下手人を捕まえたいのだと甚之助は言った。

甚之助が帰ったあと、俊作は茂兵衛と将棋を指しつづけた。

結局、さらに四局指して、初めの二局を俊作がつづけて勝ち、向きになった茂兵衛が、あとの二局を制した。

あたりは暗くなり、俊作は女中の作った夕餉を馳走になり、茂兵衛の隠宅を辞したのは、五つ（午後八時）近くになっていた。

夕餉のときに、酒が出て、そのせいで体は心持ち温かい。だが、茂兵衛の隠宅のある相生町を出て、竪川に架かる二ツ目之橋を渡るころには、体の芯に冷たさがしみいってきた。

月は叢雲《むらくも》に隠れ、茂兵衛に借りた提灯のあかりが頼りである。

橋の中ほどに差しかかったとき、向こう側から歩いてくる者の気配を感じた。気配を消した歩き方なので、そこまで気がつかなかったのである。

俊作の持つ提灯のあかりに、前方の人影がぼんやり浮かんだ。

そのときである。猛烈な殺気を俊作は感じた。

白刃が提灯のあかりにきらめき、烈風をともなって俊作を襲った。

斬られた提灯が灯心を露《あらわ》にして宙を舞う。

飛びすさりながら、俊作は刀を抜き、相手の二の太刀をはじいた。

充分間合いをとり、青眼で相手に対峙した俊作は、

「私を滝沢俊作と知っての所業か」

相手に向かって静かに言った。

斬られた提灯からこぼれるあかりで、相手が黒頭巾を被った武士であることが分かる。

無言のまま、中段に構えながら、じりっじりっと詰め寄ってくる黒頭巾に、

「それとも、辻斬りか」

言った瞬間、相手が動いた。

「たあーっ」

凄《すさ》まじい気合いの打ちこみである。

「むん」

俊作も、渾身《こんしん》の力ではじき返す。

さらに黒頭巾が打ちこんできた刀を、俊作は飛んで避け、刀を一閃《いっせん》させた。

「ちっ」

刀の切っ先が、黒頭巾の頭巾を斬り裂いた。

そのとき、提灯のあかりが風に吹かれて消えた。

「いえーっ」

黒頭巾は、かけ声とともに、突きを入れてきた。その動きを感じた俊作は、体《たい》を躱《かわ》し、刀を低くすると、横になぎ払った。

「う、うわっ」

突きを入れた姿勢のまま、俊作に足の腱を斬られた黒頭巾は、無事な足でたたらを踏むと、

「くそおっ」

悪態をつく。ついで、

「あっ」

叫ぶ声がし、川に落ちる音がした。

黒頭巾は、はずみで欄干を乗り越え、川に落ちたのであろう。

俊作は、手さぐりで欄干から身を乗り出した。

真っ暗な中、川の流れる音が下から聴こえてくる。落ちたはずの黒頭巾が立てる音は聴こえては来なかった。

俊作は、提灯のあかりが消える寸前、斬り裂かれた頭巾の下の顔を見ていた。

その顔は、見知った顔であった。

（猪田藩藩士、近田《ちかだ》恭三郎《きようさぶろう》……）

猪田藩の目付役、古田藤次郎と同じ役職についている者だ。

古田藤次郎は、俊作を襲って腕を斬られ、自害していた。

（またも、猪田藩の者の刺客か……）

なぜかは分からないが、依然として自分の命が狙われていることを、俊作は痛感した。

凍てつく冷気の中、俊作は長い間、橋の上で呆然《ぼうぜん》とたたずんでいた。

激しくはないが、寒空から降ってくる雨は、ことのほか冷気を強めているような気がする。

五

俊作は、長屋で掻巻にくるまりながら、朝餉も食わずに、じっとしていた。食欲がないのである。

昨夜、猪田藩からの刺客に襲われたことが、おいらか俊作の心にも、さすがに重たくのしかかっていた。

長屋に帰ってきて横になったが、なかなか眠れなかった。

なんども近田恭三郎の顔が頭に浮かび、心をざわつかせる。さらには、自害した古田藤次郎の顔も眠りを妨げた。

それでも、いつしか眠りに落ちたのだが、目が覚めてみると、また刺客たちの顔が浮かんで離れないのだ。

だが、朝から悶々《もんもん》としていると、いつしか上屋敷の奥方つきの女中、世津《せつ》の顔が浮かぶようになった。世津は、黒目がちの目と、少し上を向いた鼻が可愛らしい娘である。

世津が微笑《ほほえ》んでいる……。

ふっと気がつくと、うとうとまどろんでいたようだ。

すでに真昼になっている。

俊作は、起き上がると、空腹を覚えた。

(刺客のことなど考えても詮《せん》のないことだ。どうとでもなれ)

寝間着から着替えたころには、いつもの太平楽な俊作に戻っていた。

雨の中を傘を差して飛び出ると、近くの一膳飯屋に入る。

飯に味噌汁、塩鮭を焼いたのと大根の煮つけをガッガッと食べた。

空腹がおさまると、そういえば今朝は、助左衛門もさすがに西光寺での鍛練はしなかったろうなと思う。

毎朝、助左衛門が俊作を呼び出して、西光寺に行く習慣になっているが、今朝は声がかからなかった。声がかかれば、目が覚めるはずである。

飯屋から長屋へ戻ってみると、助左衛門が俊作の部屋の腰高障子を開けて、中を覗《のぞ》きこんでいた。

声をかけると、

「おう、やはり出かけておったか。気配がないので、死んでおるのかと心配になって覗いていたのだ」

助左衛門は、茶でも飲まぬかと誘うので、俊作は助左衛門の部屋に入った。

「おぬし、紅蓮のお蝶の話は聞いたであろう」

「ええ、桑原どののところで、同心の坂崎どのから」

「うむ、俺は、ついさっき爺さんに聞いたのだがな。その紅蓮のお蝶の子分がひとり、見つかったのだ」

「斬られたのですか」

「いや、生きておるよ。ついては、ひと仕事頼まれた。爺さんを通して、坂崎甚之助からな」

「どういう仕事なのでしょう」

「その子分を使って、辻斬りをおびき出す」

「……ということは、また寒さと闘わねばならぬというわけですね」

「ま、そういうことだ」

助左衛門は苦笑したが、嫌がってはいないようである。

紅蓮のお蝶の子分というのは、下っ引きの孫六が、元町の湯屋で見かけた男だった。

湯気のもうもうと立ちこめる中、前を通りすぎた男の肩に、朱色の蝶のような刺青があるのを見逃さなかったのは、さすが伝五郎の元で働いているだけのことはあった。

相手に気づかれないように、刺青が蝶であることをたしかめた孫六は、男よりも先に湯屋を出て、男の出てくるのを見張っていた。

出てきた男をつけて、湯屋があるのと同じ元町の長屋へ入るのを見届けると、伝五郎へ伝えに走ったのである。

すぐさま伝五郎は坂崎甚之助に伝え、甚之助は伝五郎と孫六以下捕り方数人とともに、元町の長屋へ急行し、男を捕縛した。

「紅蓮のお蝶なんて、あっしは知らねえでやす。この刺青は、若いころの遊びで彫ったもので、大した意味なんかありゃしねえ。信じてくだせえよ」

男は、末吉《すえきち》といい、凧《たこ》作りをなりわいにしているという。

事実、末吉の長屋には、大小の凧や、作りかけの凧がたくさんあった。

そして、作った凧を納めている店も見つかった。

ただ、その朱色の蝶の刺青は、按摩の吾市の首についていたものと、大きさから絵柄から、瓜二つなのである。

このことから、甚之助は、末吉が紅蓮のお蝶の子分であろうと確信した。

だが、いくら甚之助が吟味しても、なかなか末吉は口を割らない。

紅蓮のお蝶の子分とおぼしき三人、あるいは堅川の死体を入れて四人が辻斬りに殺されたと話すと、一瞬驚いた顔をしたが、なにも言わなかった。

そこで、甚之助は朋輩《ほうばい》の月宮数之進《つきみやかずのしん》に吟味を代わってもらうことにした。

眉毛《まゆげ》も髭も全体的に体毛が濃く、さらに色黒の数之進は、そのために、丸い大きな目の白目がやけに白く見える。

黒猫のようなので、最近では黒猫の数之進とまで呼ばれているのだが、この黒猫、人を苛《さいな》むのが好きだった。

罪人に白状させるのが目的なのか、苛むのが目的なのか、見ていると分からなくなるほどなので、はっきりと確信がない場合は、なるべく数之進に吟味をまかせないほうがよいとさえ、周りでは言っていた。

それというのも、潔白の身でも、与えられる苦痛のひどさから、やってもいないことをやりましたという者が現われないともかぎらないからである。

とはいっても、数之進の吟味における拷問が、とくに変わっているわけではなかった。

　まず初めは、笞《むち》打つ前に、上半身を諸肌《もろはだ》脱ぎにさせ、両手を背中で交差させて太縄で縛り、縄を前とうしろに渡して、下男に強く引かせる。こうすると、肩が外側に引っ張られて脱臼しそうなほどに痛む。

　そして、つぎは笞打ちだ。剝《む》き出しになった肩を打役が笞でたたくのだが、五十回もたたけば気絶する。

　数之進は、手加減は許さず渾身の力でたたかせた。

　末吉の肩は赤く腫れ、血がにじみ出てくる。そこへ砂をかけて血止めをし、さらにその下の腫れてない肌をたたく。

　末吉は、百五十回の笞打ちを受けても、黙ったままだった。

　笞打ちのつぎは、石抱きである。

　囚人の回復を待ってからするものだが、数之進はかまわずすぐつづけさせた。

　末吉の体を柱にくくりつけて、木の台の上に座らせる。

　この木の台は、横から見ると三寸ごとに三角が連なっているように見える。つまり、刻み目の尖った大きな洗濯板の上に座るようなものだ。それだけで、脛《すね》は悲鳴をあげるほどに痛む。

そして、膝の上に平たい石を載せていく。

この石は伊豆石という伊豆が産地のもので、目方は十三貫（約四十九キログラム）もある。

大抵は、正座した膝の上に石を二、三枚載せた段階で白状するのだが、しなければ、一枚、一枚とさらに石を増やしていく。

さらに、左右から石を動かすものだから、石の重さで台の突起にめりこんだ脛は、メリメリと音を立てて、骨がくだけるかと思うほどの激痛を感じる。

囚人の具合を見て加減を加えないと、絶命してしまうおそれがあるのだが、数之進はそこのところの匙《さじ》加減が絶妙に上手かった。
四、五枚も石を載せれば失神してしまうところを、それより少ない数で、石を揺らす加減で痛みをジワジワと増していき、失神させない程度に保っていくのは、数之進天性の技というべきであろうか。
あまりの長い激痛との闘いに、末吉はついに音を上げた。

「お、仰《おっしゃ》るとおり……あっしは、たしかに紅蓮のお蝶の子分でやした」

白状させたのは、数之進の手柄であるのだが、このとき、実に残念そうな顔をしたのである。

（まだ責めつづけたかったのだがのう……）

などと思っているような不満そうな表情だった。

甚之助は、なにかおぞましいものを見たような気がしたと、のちになって茂兵衛に語った。

末吉が語るところによると……。

紅蓮のお蝶の手下は、末吉を入れて六人いたという。

総勢七人の盗っ人たちは、関八州を転々として強盗を働いていた。

一ヵ所に長くいることはなく、そのために、七人は旅芝居の一座を隠れ蓑《みの》にしていたという。

もともとは、お蝶の父親である雀蜂《すずめばち》の権六《ごんろく》が束ねていた盗っ人一味だったのだが、権六が死んだあとは、娘のお蝶が継いだ。母親はすでに亡い。

お蝶は、大柄で気性が激しいが美しい娘で、みなに可愛がられていた。

誰もお蝶があとを継ぐことに異を唱える者はいなかったのである。

しばらくは、お蝶を頭にして、順調な盗み働きがつづいた。みなが争って同じ朱色の蝶の刺青をしたのは、このころである。

やがて、お蝶と隼《はやぶさ》の寛次郎《かんじろう》という男が好意を寄せ合い、夫婦となった。

みなは祝福したのだが、寛次郎はお蝶の亭主ということで、徐々に態度が大きくなり、己が頭であるように振る舞い始めた。

頭はあくまでもお蝶であると、手下たちは思っていたが、肝心のお蝶も寛次郎の振る舞いを止めることはなかった。

お蝶が許しているのだから、それでもよいかと手下たちは思うようにしたのだが、寛次郎の態度が日に日に横暴になってきたため、ついに不満が爆発した。

寛次郎を殺して、一味で蓄えた金を奪い、お蝶も見限り、みな江戸へ出てしまったのである。

さすがにみなが可愛がり、一度は頭と立てたお蝶を殺すことはしなかった。

江戸に出てきた五人は、本所近辺にそれぞれ住処《すみか》を求め、盗っ人働きをしていたのだが、頭になって束ねる者がいないために、すんでのところで捕まりそうな失態がつづき、盗っ人働きとは疎遠になっていった。

関八州での働きしかしていない彼らにとって、南北の両奉行所と、火付け盗賊改めは、盗みをする意欲を失わせる手強い相手だったとも言える。

さらに、蝮《まむし》の吾市は目を患い失明し、堅気になることを決意し、按摩になってしまった。

手下の中での唯一の女である、くちなわのお秀《ひで》は、男に遊ばれ捨てられて、茶汲み女を経て、夜鷹になった。

盗っ人働きで溜めた金を元手に、小さな小間物屋を開いたのは、泥縄の三吉である。

盗っ人だったころを懐かしみ、賭場で知り合った博徒の新八に、酒に酔った勢いで、紅蓮のお蝶の手下だったころのことを話したのだろう。

この三人は、辻斬りに遭って死んでいる。

残りの二人だが、ひとりは末吉である。爪を作る職人になって、地道に働いている。

もうひとりが、半年前に堅川に浮かんでいた男で、名前を虎治《とらじ》といった。虎治は、どこかの寺に厄介《やっかい》になっているとしか、末吉は知らなかった。

甚之助が、虎治らしき男の死骸が堅川に浮いていたと言うと、

「虎治は、あっしたちの中でも腕っぷしが強く、剣術道場にも通っていた一番の強面《こわもて》だったんでやす。あいつが殺されるとはねえ……」

「虎治の左の腕に、朱色の蝶の刺青があったか」

「へ、へえ。あっしは肩に刺青をしてやすが、虎治のやつは、左の二の腕にしてやした」

虎治の左腕はどこかに埋められたまま、骨と化していることだろう。

「江戸に出てきた者のうち、お前のほかは、みな辻斬りに殺された。辻斬りの正体が誰だか分かるか」

「……もし、あっしたちを狙って殺しているんなら、お蝶の姐さんしか思い当たりやせん。亭主の寛次郎を殺して金を奪ってきたんでやすから」

「だが、町役人が見た辻斬りは男なのだ。しかも武士だ」

「男……しかも武士……」

末吉は、首をかしげるばかりだった。

六

末吉をつかって辻斬りをおびき出すといっても、拷問のせいで、末吉はしばらく歩けなくなってしまった。

骨はくだけはしなかったが、ところどころ折れてしまっている。

「紅蓮のお蝶の子分を囮《おとり》にして、辻斬りをおびき出すそうですが、末吉が歩けるのを待つというわけですか」

俊作は、甚之助に訊いた。

睦月《むつき》の晦日近くの夕方、茂兵衛の隠宅に、俊作と助左衛門は呼ばれていた。甚之助から頼みごとがあると聞かされていたのである。

甚之助はやってくると、末吉を拷問して訊きだしたことを、事細かく語り聞かせてくれた。

「末吉を囮にするのが、もっともよいとは思うのですが、果たしていつ歩けるようになるやら……もし、歩けるようになっても、杖が必要かもしれません。それで……」

末吉に扮装した男を囮に使うのだという。

「実は、伝五郎のところの下っ引きで仙吉というのがおるのですが、背格好が末吉とよく似ているのです。痩せぎすで、頬骨が出ており、遠くからなら、間違えてもおかしくはないかと。違うところは、歳が若いのと、仙吉の目が飛び出ておるところですが、これは隠せばなんとかなるかと」

俊作は、一度張りこみを手伝ったときに、居合わせた仙吉の顔を思い出した。目が飛び出ていて魚みたいだと思ったのである。

「ただ、伝五郎たちの辻斬りを捕まえようという意欲が、当初より低くなっているのが気になります」

甚之助は、顔をしかめた。

「それはいったいなぜなのだ」

茂兵衛が訊く。

「通りがかりの者を見境なく斬る辻斬りではなく、元は盗っ人だった者たちを斬っているからでしょう。なんの罪もない江戸の者を護っているという気概が、伝五郎たちにはあるのですが、殺された者たちはそうではないので……」

「そういや、そうだのう。末吉さえ斬られてしまえば、辻斬りは止むことになるのだからな。だが、抜き身の刀が暴れているようなもの。末吉を斬って終わりというわけにはいかぬやもしれぬぞ」

「そ、そうでしょうか……」

「いや、わしの杞憂《きゆう》であろうが、たまに人を斬ることにとり憑《つ》かれてしまう者もおるゆえ……な」

茂兵衛の言葉に、俊作には人の闇がかいま見えた気がした。

「そうなる前に、なんとか辻斬りを捕まえたいと思っております」

甚之助は、決意新たに言うと、

「ついては、荒垣どの、滝沢どのには、また力を貸していただきたいのです」

俊作と助左衛門は、その気迫に押されるようにうなずいた。


茂兵衛の危惧は杞憂には終わらなかった。

末吉を襲う前に、辻斬りは人を斬りたくなったのか、紅蓮のお蝶とはなんの関わり合いのない町人を斬ったのである。

しかも、夜になっても比較的人通りの多い小泉町でである。

小泉町は、両国東広小路にほど近く、殺されたのも、東広小路で酒を呑んだ帰りの商人だった。

そんなところでの辻斬りは、人を斬りたいという気持ちが抑えられなくなったためではないかと、茂兵衛は言った。

「こいつは、早く捕まえなきゃいけねえ」

伝五郎たちの気勢もまた上がっていた。

如月《きさらぎ》に入り、まだまだ寒いが、心持ち春の気配がどこからともなく漂ってくるような気配を感じだしたころ、末吉を囮にする準備が整った。

末吉に扮した仙吉が、手拭いで頬被りをして、長屋を出入りする。長屋の女房連中は、

「あら、末吉さん、風邪の具合が悪そうね。気をつけなよ」

「少しよくなったからって、博打《ばくち》に行くんじゃないよ」

とかなんとか声をかけている。

もちろん、これは伝五郎に言い含められた女房たちの演技である。

一日になんどか、同じようなことを言わせていた。

そんな長屋の様子をうかがっている武士がいた。菅笠を被っているので、顔は分からない。

武士を認めたのが、木戸番にひそんでいた伝五郎である。

武士はしばらく長屋をうかがっていたが、すぐに姿は消えた。

末吉が捕まり、部屋は留守だった。

これを、長屋の女たちの演技で、風邪で臥《ふ》せっていたことにしたのだが、武士が辻斬りだとすると、そう信じてくれたかもしれない。伝五郎は、木戸番の中で声を立てずににんまりと笑った。

その日の夕方、あたりが暮れなずむころを見計らって、末吉に扮した仙吉は、頬被りのまま外へ出た。

元町から門前町を過ぎ、その先にある大徳院《だいとくいん》という寺の境内を突っ切ると、松坂町に入り、その先にある大身旗本の下屋敷へ入って行った。

その下屋敷では、賭場が開かれている。博打は御法度ではあるが、奉行所では見て見ぬ振りをしている。

下屋敷へ入っていく仙吉のあとをつけ、武家屋敷の門前から踵《きびす》を返したのは、菅笠の武士であった。

武士の姿を遠く離れた道脇の松の木陰から見ていたのは、ほかならぬ伝五郎である。

夜は更け、四つ（午後十時）に、あと小半刻（三十分）というころ、下屋敷から仙吉が出てきた。

賭場は朝まで開かれているが、病み上がりの末吉は、早めに木戸が閉められる前に長屋へ帰るという筋書きである。

これに辻斬りが食いついてくるまで、毎夜やるつもりであった。

夜とはいえ、人通りのある松坂町を過ぎ、大徳院の境内へ入って行く。さすがに、寺の境内に人はいない。

月明かりが境内を照らしている中を、末吉に扮した仙吉は足早に歩く。

境内を半ばまで歩いたとき、境内脇にある一本の銀杏《いちょう》の大木から、すっと姿を現わした者があった。菅笠は被っていないが、姿格好から、ずっと仙吉をうかがっていた武士であることが分かる。

仙吉の右横の方向から、音を立てずに歩み寄ってくるので、仙吉はその姿に気がつかなかった。

はっと迫る気配に気づいたときには、武士はすでに二間（約四メートル弱）離れたところまで近づいてきていた。

武士は、仙吉との間合いを、飛ぶようにして詰めると、居合の剣を放とうとした。そのとき、武士に石つぶてが飛来した。

「なに！」

石つぶてを刀で払うと、武士に動揺が走った。

「おとなしくお縄についてもらおう。観念せい」

境内の雑木林の闇の中から出てきたのは、坂崎甚之助である。

伝五郎以下、捕り方たちがぱらぱらと武士のまわりを取り囲んだ。仙吉は、その輪の外に出る。

月の光は、ほの白く、すっと通った鼻筋に切れ長の目、赤く血のような唇を浮かび上がらせた。

その赤い唇が、にっと笑いを浮かべると、ちろりと舌なめずりした。

「しゃー！」

奇妙な声をあげると、武士は仙吉目がけて走った。もちろん仙吉の前には、捕り方がいる。

「ご用だ」

刺股《さすまた》を武士につきつけるが、一閃した刀で、刺股がすっぱりと斬られて飛び、返す刀で、捕り方が肩口を斬られて倒れた。

「う、うわっ」

仙吉が、頰被りをかなぐり捨てて、後ずさる。

「なに？」

仙吉の顔を見て、武士の動きが止まった。首をかくっとかしげる。

甚之助が十手で武士に襲いかかった。

ギン！

武士の刀が十手をはじく。

「ちっ！　だましたな」

刀を仙吉に向けてびゅんと振るうと、武士は脱兎《だつと》のごとく駆けだした。

その一閃で、すっとんと腰の抜けた仙吉の髷《まげ》が斬られて飛んだ。腰が抜けなければ、首を斬られていただろう。

疾風《はやて》となって武士は境内から飛び出ると、門前町とは逆の武家屋敷のほうへと駆けだす。

「待て！」

道の中央で立ちはだかったのは、俊作だった。

門前町の道には、助左衛門が待機していた。武家屋敷の道は俊作の持ち場だったのである。

立ち止まった武士は、持っていた刀を腰の鞘に納めた。

「居合ですか」

俊作は抜刀し、青眼に構えた。

武士は刀を腰だめにしたまま、俊作にすすっと迫ると、

「ぬおりゃあ」

凄まじい一撃を見舞った。

ガキッと刀と刀が火花を散らし、二人の立つ位置は入れ代わった。

「滝沢！」

向き直り再び対峙したときに、助左衛門の声が俊作の背後から聴こえた。

持ち場から、辻斬り出現の気配を感じて駆けつけてきたのだろうか。

さらに、境内から捕り方たちが殺到してくる。

（まずい……）

俊作は焦った。

二人が打ち合ったときに、位置が入れ代わったため、武士の背後は武家屋敷の連なる道で、誰も待機してはいないのである。

形勢不利と見た武士は、くるりと向きを変えると、武家屋敷の道を一散に駆けだした。

「待てっ！」

俊作は、逃げる武士の背に叫ぶと、追いかけた。

だが、武士の足の速さについていけそうもない。

すると、なにかが猛烈な速さで、俊作の脇をすり抜け、跳躍した。

それは、武士めがけて飛び掛かったのである。

「う、うわっ」

武士の足が止まり、のけぞった。

「小僧！」

助左衛門が叫ぶ。

武士の首筋に、小僧が食らいついている。

瞬時に武士は刀を逆手に持ちかえ、背後につきあげた。

「きゃん！」

小僧の体が、刀で串刺しにされた。

「は、離せ……」

串刺しにされながらも、小僧は首筋から離れない。

「うう……」

どおっと、横倒しに武士が倒れたとき、ようやく小僧の歯が首筋から離れた。

ごろりと転がった小僧の息は絶えていた。

首筋から血を激しく流しながら、武士はのたうっていたが、やがてピクピクと痙攣《けいれん》すると、動かなくなった。

このありさまを、俊作と助左衛門は、呆然と見ているだけだった。

追ってきた甚之助と捕り方たちも、息をあえがせながら、見入っている。

ようやく、俊作は、武士の死骸のそばへ行くと、腰をかがめた。

「坂崎どの、この武士は、女のようです」

死に顔は、刀を持って対峙したときの鋭いものではなく、たおやかな表情を浮かべていた。そして、胸元から晒《さらし》がきつく巻かれているのが見えたのである。巻かれていても、近くで見ると、胸は膨らんでいる。

「なんですと……」

甚之助は近寄ってくると、武士の死体を改めた。

「やはり、仰るとおり、女のようですが、すると……」

「紅蓮のお蝶が、男に身をやつしていたということになりますか」

立ち上がった俊作は、小僧のかたわらに膝をついている助左衛門に気づいた。

近くによると、

「立派だったぞ、小僧……安らかに眠れよ、な……」

小僧の体を撫《な》でながら、助左衛門がつぶやいているのが聴こえた。

翌日の夕方、茂兵衛の隠宅へ俊作が訪れると、坂崎甚之助が茂兵衛と茶を飲んでいた。

そして、いいところへ来たと、その日に分かったことを語ってくれた。

「あの犬は、半年前に辻斬りに遭った……というよりも、紅蓮のお蝶に斬られた虎治に飼われていたということが分かりました」

虎治が雇われていた寺の住職が、飼い犬のことを覚えていたのだそうだ。住職は、虎治はいきなりいなくなり、同じく犬も姿を消した。虎治が居ついたときもいきなり雇ってくれとやってきたので、また気ままに出奔《しゅっぽん》してしまったのかと思っていたという。

犬は寺男をやっているときに、拾ってきて育て始めたようだ。

なんという名前をつけていたのかまでは、住職は知らなかった。

「小僧の眼の傷は、お蝶に斬られたものかもしれませんね。しかしなぜ、荒垣どのに、ああもなついていたのでしょう」

俊作が言うと、

「虎治という男、元は武家ではなかったかという雰囲気があったそうです。しかも、かなりの剣客である気がしたと住職は言っておりました。ですから、同じ臭いが荒垣どのにあったのかもしれません」

「そのかなりの剣客を、紅蓮のお蝶という女は斬ったわけか。滝沢さん、それほどに手強い相手だったかの」

茂兵衛の問いに、

「刀を交えたときには、女だとはまったく分かりませんでした。背が高かったせいもありますが、いまにして思えば、男にしては華奢《きゃしゃ》だったかもしれません。ただ、華奢な体ながら、居合は凄まじかったです」

「ふむ。女ゆえに、一瞬の技にかける居合を学んだのだろう。長く闘っていれば、女の非力が出てきたやもしれぬな」

「ろくなものを食っておらぬと、女にだって勝てぬわ」

そこにはいないはずの助左衛門の声がした。

庭から、助左衛門が姿を現わす。

「勝手に入ってくるでない」

「そううるさいことを言うな。俺はいま傷心を抱いておるのだ」

「なにが傷心だ。飼って間もない犬ごときに」

「ふん。爺さんに、分かるものか。小僧と俺とはな、男と男の絆で結ばれておったのだ。だから……」

助左衛門の声が途切れた。あふれる気持ちを抑えているのだろうか。

「だから、なんだ」

「辻斬りを待ち伏せていたときに、小僧のいきり立ってくるのが分かったのよ。こいつ、なにかしでかす気だなと俺は感じた。そして、俺に小さく吠えると、勝手に走り出したのだ。それを追いかけると、滝沢とあやつが斬り合っていたというわけだ」

小僧が、辻斬りの出現を察知したのだった。

「小僧の骸《むくろ》を、あの虎治という男が葬られた無縁墓地の近くに埋めてきたよ。小僧も本望だろう」

言ったその目が潤んだように、俊作には見えたが、助左衛門は、背を向けてしまった。なにも言わずに空を見上げている。

第三章　かどわかし

一

如月《きさらぎ》二日は、子どもたちに灸《きゅう》を据えると、効験が著しいとされ、その年は病に縁がなくなると信じられていた。

あまりの熱さに泣く子どもを、無理矢理押さえつけて灸を据える光景が、江戸中で見られたのである。

俊作が住む松井町の昌平店も例外ではなく、朝っぱらからあちこちで、子どもたちの泣き叫ぶ声が聴こえてきた。

「おい、滝沢、灸を据えてやろうか」

がらりと腰高障子を開けて、助左衛門が俊作の部屋に入ってきた。

「私はいたって丈夫ですから、灸はよいです。荒垣どのは如何《いかが》ですか。とびっきり熱いのを据えてあげましょう」

俊作は、寝ころがっていたが、起き上がって言った。

早朝の西光寺での稽古のあと、朝餉《あさげ》を済ませ、寝ころびながら、たつきの道を思案していたのである。

もっとも、よい思案は浮かんでこなかったが。

「俺もいたって丈夫だ。灸など子どもか年寄りがしていればよい。おぬしも、よく見れば子どもではないな。ところで、客がきておるぞ」

「客……？」

猪田藩の者をのぞけば、江戸での知り合いは、数少ない。わざわざ助左衛門が客がきたというほどの者はいないはずである。

俊作は、助左衛門がもったいぶって言っているのだと思った。

「客といっても、荒垣どののご存じの方なのでしょう」

「いや、それが違う。俺は会ったことも見たこともない。あんな見目麗《うるわ》しいおなごなら、一度見たら忘れはせぬぞ」

助左衛門は、俊作に顔を寄せて小声で言った。

「おなご……ですか」

「おなごだよ」

助左衛門は、意味ありげに笑うと、腰高障子から顔を外に出して、

「滝沢俊作は、灸を据えておらんから泣いてもおらぬ。入られても、なんら支障はござらぬ」

誰かに向かって言った。

助左衛門は顔をひっこめ、土間の隅に寄った。

開いた腰高障子の向こうから現われた女によって、殺風景な部屋にまぶしい光が差した。

光が差したというのは、俊作の錯覚というか、女を見たときの印象がそうさせたのである。

「お久しぶりです」

女は、腰をかがめて頭を下げた。

俊作は、どこかで見た気はするが、誰だか思い出せない。

頭を上げた女が、俊作に微笑《ほほえ》んだ。

「あ……あなたは、古茂田宋伯《こもたそうはく》どのの……」

あまりに意外だったので、そうとは思い出せなかったのである。

女の名前は、美雪《みゆき》といい、日本橋本町の医者の娘だ。色は雪のように白く、目は大きいが切れ長で、まるで人形のようだ。

「父がよろしくと申しておりました」

「は、はあ……よくここが分かりましたね」

「父は診《み》たお方の名前とお住まいを書き留めておりますから」

「あ、そうでしたね。私もお教えした覚えがあります」

去年、篠田《しのだ》藩の嫡子の身代わりとなったおり、内紛を恐れた藩の者たちに襲われ、俊作は尻を斬られた。

傷から血が滴り落ちるので、たまたま目に入った医者のところで治療してもらったのだが、そこが古茂田宋伯の診療所だったのである。

斬られた尻の傷を縫ってもらい、尻を丸出しにしたまま泥のように眠った。辞するときに、古茂田宋伯から、名前と住まいを訊《き》かれたのであった。

宋伯の妻はすでになく、一人娘の美雪と暮らしており、美雪は、宋伯の助手のような仕事をしていた。

十八といっていたから、今年はすでに十九である。

気の強い娘で、尻から血を滴らせた俊作が、美雪の見ている前で褌《ふんどし》を取るのをためらっていると、

「なにやってるんですか。早くお脱ぎなさい」

と、叱られたほどだ。

そのときは、宋伯がとりなして、美雪の前で褌を脱ぐことは免れた。

だが、傷を縫ってもらい、尻を丸出しにして眠ったあと、着替えようと起き上がろうとしたときに、美雪に一物《いちもつ》を見られてしまった。

俊作は、そのときのことを思い出し、顔が赤くなった。

ゴホンと空咳をすると、

「わ、わざわざここまでお見えになるとは、いったいなんのご用でしょう」

上目づかいになって美雪に言った。

「実は、父の頼みを滝沢さまに聞いていただきたく参ったのです」

「は、はあ……」

いったいなんの願いかと戸惑っていると、

「おい、滝沢、いつまで娘さんを立たせておくのだ」

助左衛門が笑いながら言った。

「あ、こ、これは申し訳ない。さ、お上がりください」

あわてて、俊作は美雪を座敷へいざなった。

美雪は、座敷に座ると、茶を淹《い》れようとする俊作を押しとどめ、

「お構いなくお願いいたします。実は、父の頼みと申しますのは……」

すぐに話を始めたのである。

助左衛門は、美雪の話に興味があるのか、はたまた美雪のそばにいたいのか、部屋に居座って、勝手に湯を沸かし、茶を淹れる準備をし出した。

古茂田宋伯の頼みとは、しばらくのあいだ、本町にある手習い所の師範を勤めてはもらえないかということだった。

手習い所の師範である安藤喜十郎《あんどうきじゅうろう》という初老の武士が風邪をこじらせ寝こんでしまい、床上げするまでのあいだの代役である。

「父は、滝沢さまならば、立派に勤めていただけるだろうと……こうしたことの勘は冴えているのだそうです。私も、長いあいだ一緒に暮らしているので、父のそうした勘は当たると信じております」

宋伯に命じられて、美雪が俊作に頼みにきたのだと言った。

「そうですか。それは、願ってもないことです。町人たちの子どもへ、どうやっ

て教えればよいのか、ちと戸惑いもありますが……」

藩では藩主の嫡子鷹丸が十二歳のときから二年間、近習《きんじゅう》として仕えてきたのだが、勉学の相談にも乗っていた。

たつきの道をどうするか考えていた矢先でもある。

師範が快復するまでの期間ではあるが、よい経験になるだろうと思った。

「私でよければ、勤めさせていただきたく存じます」

俊作は、美雪に頭を下げた。

「ああ、よかった。父の喜ぶ顔が浮かびます。ありがとうございました」

美雪の笑顔を見ていると、俊作の心にも光が差したように感じた。

「ま、ま、お茶でも飲んでゆっくりしていかれるとよい」

助左衛門が、茶を出してきた。

「いえ、一刻も早く、父に伝えたいのです」

「ですが、折角淹れたものですからの」

助左衛門は、うらめしそうな顔になる。

「そうですね。無礼でした。では、いただきます」

美雪は、助左衛門の淹れた茶を美味《おい》しそうに飲むと、

「ここで、滝沢さまはお暮らしなのですね」

あたりをぐるりと見まわした。

「はは、なにもないのです。汚くてお恥ずかしいかぎり」

小鬢《こびん》をかいて、俊作は応えた。恥ずかしくて、また赤くなる。

そんなことはないという言葉が返ってくるかと期待したが、

「そうですね。お掃除しないといけませんね。あちこちに埃《ほこり》がたまっておりますよ。お茶をいただいたついでに、いまから私がして差し上げましょう」

「あ、いやいや、それには及びません。どうか、美雪どのは、お父上にご報告してください」

俊作があわてて言った。

「よい機会だから、掃除してもらえばよいものを。嫌なら、俺のところを代わりにしてもらいたいものだ」

にやつきながら言う助左衛門を、俊作はにらむと、いつから仕事をすればよいのかを訊いた。

「明日からお出《い》でくださると助かるのですが」

俊作に否やはなかった。

二

翌朝、六つ半（午前七時）に、俊作は長屋を出た。

よく晴れ、陽が当たるところはけっこう暖かい。だが、一歩日陰に入ると、途端に冷気が体を包む。

それでも、春が一歩一歩着実に近づいてくるのが分かる。微風の中に春の匂いとでもいうものが漂っているのを、俊作は感じた。

俊作が師範の代理を勤める手習い所は、日本橋南の本町二丁目にあった。

本町は、江戸開府以来の古い町並みである。

本町通りは、江戸屈指の目抜き通りで、金座、桝座《ますざ》や、豪商、老舗《しにせ》が軒を並べていた。

三丁目は、文化以前は薬種問屋しかなかったのだが、いまはほかの商店も、ちらほら混じるようになっている。

手習い所のある二丁目には、戯作者《げさくしゃ》の式亭三馬《しきていさんば》が文化七年（一八一〇）に売薬店を開いており、そこで翌八年に売り出した化粧水『江戸の水』が、三馬の文名の高さと、戯作中での巧みな宣伝のおかげで、長らく売れつづけていた。

この『江戸の水』は、下塗りしておくと白粉《おしろい》が剝《は》げにくいというのが売りで、硝子瓶《ガラスびん》一本で四十八文した。

少し高いが、売れつづけているのだから、効果はあるのだろう。

俊作は『三馬創製化粧水江戸の水』と書かれた看板を見て、

（これが名高い江戸の水の店か……）

以前からある店を受け継いだので、取り立ててほかと変わった店構えではなかったが、看板だけは目立つ。

前に通ったときには、俊作は、看板さえ気がつかなかった。

尻の傷の出血の多さで、古茂田宋伯のところに駆けこんだときも、抜糸のときも、余裕のなさから、まったく周囲の町並みを見ていなかったのである。

傷を受けたときはともかく、抜糸のときは余裕があるはずであった。

だが、そのときは、向かう途中で猪田藩の目付役である古田藤次郎に襲われて、これを返り討ちにし、俊作は激しく動揺していたのである。

その動揺を、古茂田宋伯は察し、巧みな軽口で紛らわしてくれたことを思い出す。もちろん宋伯は、俊作の事情をなにひとつ知ってはいない。

本町二丁目の表通りから一つ路地を入ったところに、古茂田宋伯の家は建っていた。
俊作が玄関を開け声をかけると、すぐに美雪が出てきて、
「お入りになってください。手習い所へ行く前に、父がお話ししたいと申しております
ので」
俊作が家に入ると、待合所の座敷には、すでに五、六人の町人が宋伯に診ても
らうのを待っていた。
奥の部屋に入ると、宋伯が診療の最中だった。
古茂田宋伯は、鷲鼻で顎《あご》が張り、白髪を後頭部で束ね、十徳《じっとく》を着ている小柄な
老人である。
頭が薄くなり、髷《まげ》が申しわけ程度についている老人に、宋伯は薬を渡して、
「いいかい、薬も飲まにゃいかんが、酒も止めないと命とりだぞ。仕舞いにゃ、
涎《よだれ》を垂らしながら、わけも分からずにフンシすることになる。フンシとはな、
糞にまみれて死ぬことだ」
脅すように言った。
「憤死」ならぬ「糞死」というわけである。
「そんな風に死にたかねえよ。でもなあ、酒飲まにゃあ眠れないんだって」

老人は、ぶつぶつと抵抗する。

「眠らなきゃいいだろう。歳とれば、遅く寝たって、どうせ早く起きてしまうものなのだ。眠くなったら、いつでも眠ればよいではないか。もう店は息子にまかせて、あんたは楽隠居なんだろ」

「だからさ、なんもすることがねえから、酒でも飲まなきゃやってらんねえんですよお」

「では、勝手にするがよろしい。糞にまみれて死んでも、わしは知らん」

「そんな殺生な」

「なら、酒を止めろ。止めるのが無理なら、せめて一日晩酌二合までにしろ。昼間はぜったいに飲んではいかん」

「……むむむ」

老人は、悲壮な顔つきで部屋を出て行った。

「なかなか厳しいですね」

俊作が辞儀をして言うと、

「あれくらい言っておかんと、朝から酒びたりだからの、あの爺さんは」

顔をしかめ、溜め息をつくと、

「おお、そうだ。師範の代わりを勤めてくれるそうで、よかった。誰かおらぬかと頼まれてな、近くにいる浪人に適役はおらぬかと思案しているところへ、美雪が、おぬしのことを言い出したのだ。わしは、痴話喧嘩で女に尻を斬られるような男はどうかと思ったのだがな」

「わ、私は、女に斬られたわけではありません」

あわてて俊作は否定する。

「まあ、どうでもよいわ。もう決めたのだから、安藤さんが本調子になるまで、勤めてくだされよ」

宋伯は破顔すると、つぎの診療にとりかかるぞと言った。

礼くらい言われるのかと思ったが、そのまま俊作は診療室をあとにした。

玄関で、美雪が待っていた。

「では、安藤喜十郎先生の手習い所へご案内いたします」

「は、よろしくお願いします」

俊作は美雪と連れ立って歩きながら、ふと、宋伯の言った言葉を思い出し、

(私を推挙してくれたのは、この美雪どののようだが……)

どこが美雪の目に適《かな》ったのかと不思議な気持ちになる。だが、

「父はなんと申していたか知りませんが、滝沢さまにお願いしろと強く言ったのは父ですのよ」

ちらりと俊作を見て、美雪はクスッと笑った。

心の中が見透かされた気がして、俊作はどきまぎした。

「み、美雪どのは、さきほどの話を聞いておられたのですか」

「いいえ。私は、玄関にいましたもの。でも、父のことは分かります。ああ見えて恥ずかしがり屋で不器用なのです。ですから、滝沢さまにお願いしようと思ったのが自分だと言いたくないだろうと思いまして。師範の代わりを勧めていただくことのお礼も申し上げなかったのでしょう？」

「はあ……まあ」

「やっぱり……なんで、滝沢さまを推《お》したのか、父に訊きましたら、あの若侍は真っ直ぐ空に向かって生えている竹のような奴だ。頭は悪いかもしれないが……あ、これは失礼しました」

「いえいえ、お父上の仰《おっしゃ》るとおりに、頭は悪いですから」

俊作は苦笑した。

「父の言ったままを伝えますね。頭は悪いかもしれないが、子どもたちを惑わしたり、無理矢理己の考えを押しつけたりもしないだろう……と」

「……そうですか」

俊作には、分かったような分からないような話である。

「なんでも、混じり気のない方なのだそうです、滝沢さまは」

「はあ……」

「まあ、まだ子どもみたいなものだから、とも」

「子ども……ですか」

褒《ほ》められているとばかり思っていたが、まだ一人前ではないということかと俊作はがっかりした。

「子どもたちには、兄のような師範もよいのではないかと、父は思ったのでしょう。安藤喜十郎先生は、父とあまり変わらないお歳で、厳格な方ですから、しばらくのあいだだけは、滝沢さまに、子どもたちをもっとのびのびとさせてほしいと願っているのだと思います」

「なるほど……」

そこまで聞いて、俊作には納得がいった。

あまり江戸という町にすれていない田舎侍としての俊作が、好感を持って迎えられたとも言えそうだ。

「ここです。この家が、安藤先生の手習い所です」

俊作は、剣の道場かと思っていたが『安藤塾』と墨跡《ぼくせき》鮮やかに書かれた看板が掲げられていた。

元は剣の道場だったのに違いない。外から稽古を見られるように、大きな窓が連なっている。窓から中を覗《のぞ》くと、板の間だったところに畳が敷かれており、手習い所として改装したことがうかがえた。

美雪について土間から上がると、手習い所の奥につづく廊下へ入った。

そのつきあたりに、安藤喜十郎が臥《ふ》せっている座敷があった。

安藤喜十郎は、痩《や》せて頬骨が目だち、顔色が悪い。

だが、その眼光は強く、そのままでというのを、喜十郎はわざわざ布団から出て正座すると、

「滝沢どの、よろしくお頼みいたしますぞ。一人ひとりの子どもについては、一番年長の太一郎《たいちろう》というのに聞いてくだされ」

手をついて頭を下げた。

太一郎というのは、すでに八年近く通っている米屋の一人息子で、十三歳だそ

うである。

喜十郎不在のときは、太一郎がその日にやることを子どもたちに指示するのだが、不在が長くなるとそれも無理なので、俊作が呼ばれたのだった。

実は以前、美雪も喜十郎の教え子だったので、手助けも出来ないわけではない。だが、父親の宋伯の手伝いがあるので、手習い所に居つづけるわけにはいかなかったのである。

美雪が帰ると間もなく、子どもたちがつぎつぎとやってきた。

「おはようございます」

俊作を見ると、師範の代理が来ると言い含められていたのか、それぞれペコリと腰を折って辞儀をする。

みな、自分の座る場所が決まっているようで、広い座敷が埋まってきた。

そこで、俊作は、

「滝沢俊作と申す者だが、安藤喜十郎先生の病が癒《い》えるまで、師範の代わりを勤めさせていただくことになった。みな、よろしくお頼み申しますぞ」

頭を下げた。

みな、揃ってはいないが、口々に、

「よろしくお願いします」

と言って、ぺこぺこ頭を下げている。

ひときわ背が高く、利発な顔をしているのが、太一郎だとすぐに分かった。

いかにも上品な商家の息子といった風情である。

俊作が指示することもなく、なにをやるかは喜十郎が決めていたので、見まわりながら、一人ひとりを指導すればよかった。

子どもは、近くに商家が多いせいか、商人の子が多かった。

男の子が八、女の子が二の割合である。

年長の子どもたちが声を出して読んでいるのは『商売往来』という冊子だ。いわゆる往来物という冊子類の中で、商人の子ども向けに書かれたものである。

小さな子どもたちは、いろはを読んだり書いたり、数字を覚えたりしている。

(ひとりでみなを教えていたとは、安藤どのも大変だったのだな……)

感心しつつ、俊作は、見まわりながらの指導に忙しかった。

指導というのは、文字の読み方を教えたり、内容が分からない子に、分かりやすくなにが書いてあるかを説明することである。

そのうち、一人ひとり、どの程度の力があるのかがうっすらと分かってくるようになった。

何日かつづければ、把握できそうである。

女の子の割合が少ないが、女の子は母親に裁縫や料理を習い、そのかたわら、母親から読み書きも習っていたのである。

四つ半（午前十一時）になると、少しの休憩をとり、算盤《そろばん》の練習に移った。

座敷は年齢順に分かれて座っているので、算盤の問題は、年齢に応じた問題を出すようになっている。

太一郎の算盤の腕は折り紙つきということなので、年少の子どもたちは太一郎にまかせ、俊作は年長の子どもたちを相手にした。

だが、終えてみれば、太一郎のほうが俊作より鮮やかな手つきだし、さらには算盤を使わずとも計算ができるようである。

（明日は、太一郎に年長をまかせよう）

俊作は、そう決めた。

昼になると、手習い所は終わり、みな家に戻って昼餉となる。

基本的に、手習いは午前中だけである。

翌日も、そのつぎの日も、俊作の代理師範の仕事は順調につづいた。

厳格な安藤喜十郎とはまるで趣《おもむき》が違うせいか、気さくな俊作の指導は、子どもたちには受けがよかった。

なつかれると、俊作は可愛くて仕方ない。

すると、指導も優しくなりすぎる。四日目になると、微妙に子どもたちの雰囲気が変わってきた。

張り詰めていた気持ちが、どこかゆるんできているのである。

こうなると、いきなり厳しくしても、上手くいかない。……というより、俊作は、あまり厳しく接することができないのである。どうしても、友だちのような感じになってしまう。

「先生、もっと子どもたちを厳しく叱りつけてください」

五日目が終わったとき、太一郎が俊作に小声で言った。

その日、手習い所が、少々騒がしくなり、注意をしたのだが、ぴたりと元に戻るということはなかったのである。

少し厳格に接しようと俊作は決意したのだが、どうも上手くいくとは思えなかった。

だが、さほど悩むことはなく済みそうだった。

ずっと養生していたおかげで、安藤喜十郎がすっかり元通りの体になってきたからである。

六日目の手習いを、なんとか騒がしくなく終えることができた俊作は、帰りの挨拶をしに喜十郎の元へ行った。すると、

「おかげさまで体も復調しました。明日から、子どもたちの面倒を見ることにしますので、滝沢さまのお手を煩《わずら》わすこともなくなりました」

晴れやかな顔で、喜十郎は言った。

もともと目の光は強かったが、悪かった顔色がよくなり、肌も若返ったかのように艶《つや》やかだ。

「このまま、滝沢どのには師範として残ってもらいたいのは山々なのですが、それにはもう少し子の数が増えませんと……」

喜十郎は、済まなそうな顔つきで言う。

俊作が、決まった職を持っていないことを案じているようだ。

「いえ、私のことは、お気遣いなく。六日の間指導をして、たくさんの子どもたちを教え導くことは、どうも私には荷が重すぎることが分かりました。もうくたくたです」

俊作は忌憚《きたん》なく応えた。

充分な報酬を喜十郎からもらうと、俊作は手習い所をあとにしたのだが……。

翌日、また呼び出されることになった。

とんでもない事件が、手習い所に通う子どもに起きたからである。

三

いつものように早朝の素振りと申し合わせを助左衛門として、長屋に戻り朝餉を食べ、ごろりと横になっていたときのことである。

「滝沢さま」

腰高障子の外で声がした。女の声である。

「美雪どの……」

あわてて起き上がり、腰高障子を開けると、美雪が息をはずませて立っていた。ほんのりと顔が上気しているのは、道を急いできたためだろうか。

「滝沢さまには、もう掛かり合いのないことなのですが、父がまた頼めと申しますので……」

「どんなことか分かりませんが、中へお入りになってください」

俊作が招じ入れようとしたが、

「いえ、ともかく来ていただけないでしょうか。道々わけはお話しします」

かなり切羽詰まっているようである。

俊作は、大小の刀を差すと、外に出た。

井戸端で洗濯している長屋の女たちの好奇に満ちた視線が、痛いほどだ。

早朝からどんより曇り、いまにも愚図つきそうな空だったが、まだ雨は落ちてきていない。

「昨日のことなのですが、安藤さまの手習い所に通っている男の子が、昼下がりに遊びに出たあと、帰ってこなかったのです」

「なんですと！　いったいそれは誰ですか」

「豆腐屋の達吉《たつきち》という子です」

俊作は、達吉の名前を聞いて、いかにも利かん気で、いが栗のように頭の剛毛が立った子を思い浮かべた。

たしか、十歳だったはずである。

俊作が優しいことをいいことに、俊作が背を向けている隙に、猿の真似などで、ほかの子たちを笑わせては、俊作を困らせた子だった。

「滝沢先生も、おいらんちの豆腐を食べたら、もうほかのところの豆腐は食えねえよ。それだけ旨《うま》いんだぜ」

休憩時に、誇らしげに言っていた姿が目に浮かぶ。

手習いが終わると、喧嘩をして相手を泣かせている姿もよく目にした。かなりの腕白小僧である。

「今朝になっても、姿が見えないのですか」

「ええ……それだけではなくて」

脅し文が投げこまれたのだという。

子どもを返して欲しければ、金二百両を用意しろというものだったという。

「達吉の家は豆腐屋だと……二百両も用意できるとは思えませんが」

「それが、達吉の家にではなくて、表店《おもてだな》の丸楯屋《まるたてや》という小間物屋に、脅し文が投げこまれたのです」

「丸楯屋ですか……あそこの息子は、たしか隆一郎《りゅういちろう》という子では」

達吉が、彼とは打って変わって大人《おとな》しそうな色の白い子を指差して、

「先生、隆ちゃんは丸楯屋っていう小間物屋の子なんだ。いま、丸楯屋の作った男の袋物が、江戸中でものすごく売れてんだぜ。だから、隆ちゃんちは、すんげ

え金持ちなんだ」

と、俊作に、自分のことのように得意気に話していたことを思い出す。袋物とは、当座必要な小物を入れて、持ち運ぶためのものである。

歳は、達吉と同じく十歳のはずだ。

脅し文が投げこまれた丸楯屋では、あわてて息子の安否をたしかめた。すると、寝間ですやすやと眠っていたのである。

同じころに、いつまで経っても帰ってこない豆腐屋では、達吉を探しまわっていた。

町内の者も一緒になって、あたりを探したのだが、達吉は見つからない。

手習い所へも、念のために探しに行ったが、喜十郎が知るよしもなかった。

その後、喜十郎の元に丸楯屋の番頭がやってきて、脅し文が投げこまれたが、どうしたらよいかと相談を持ちかけてきたのだという。

ただのいたずらだったら、おおごとにしたくないので、自身番屋には伝えたくないと言う。

また、脅し文には、役人に知らせたら、子どもの命はないと書いてあったことも、恐ろしい。

隆一郎は無事に家にいるが、役人に知らせたら、恨みを買って、なにをされるか分からないという不安があったのである。

ひょっとして、達吉を隆一郎と間違ってかどわかしたのか?

喜十郎は、丸楯屋の番頭に、その疑いを話した。

早速、番頭と一緒に喜十郎が丸楯屋へ行き、主人の惣右衛門《そうえもん》に事情を話す。

惣右衛門が、眠っていた隆一郎を起こして訊いてみると、

「たっちゃんは、知らないおじさんについて、どこかへ行ったよ」

行き先は知らないそうである。さらに、

「丸楯屋の子はどっちだって訊くんだ。僕が黙ってると、たっちゃんがおいらだって言って……」

これで、間違われたことがはっきりした。

隆一郎は、なにかとんでもないことが起きたのだろうと、真っ青になって震えだしたので、寝床へ戻された。

丸楯屋の手代が、達吉を探している豆腐屋の政三《せいぞう》を見つけ、丸楯屋へ連れてきた。喜十郎は政三に、丸楯屋へ投げこまれた脅し文のこと、丸楯屋の息子に間違

われたことを話した。

そして、自身番屋に届けたほうがよいと言ったのだが、

「丸楯屋さんへの脅し文には、役人に知らせたら、子どもの命はないと……」

なかなか首を縦には振らなかった。

問題は、二百両の金である。

丸楯屋の主人にしてみれば、自分の息子がかどわかされたわけではないから、払う必要はないと言う。

「だが、丸楯屋さんの身代を見てのかどわかしですからな、まるで掛かり合いのないことではないはずですが」

喜十郎が咎《とが》めると、

「おおかた達吉が、自分の家は、いま流行《はやり》の袋物を売っている丸楯屋だと、見栄を張って言ったのでしょう」

自業自得だと言いたげだった。

丸楯屋では、自身番屋へ届けるつもりだったが、政三は必死にそれを止めようとした。

こうなると、埒《らち》があかないので、一夜じっくり考えて、翌日にもういちど話し

合おうということになったのである。

「それで、安藤先生は、子どもたちとたったの六日間ではあるけれど、親しくなっている滝沢さまなら、隆一郎から、親でも無理なことを訊きだせるのではないかと仰るのです」

美雪は、俊作を呼んだ理由をそう言って説明した。

「うーむ、やけに買いかぶられているようですが」

「私から見ても、滝沢さまは、すでに子どもたちの兄さまのようでしたよ」

美雪が微笑んだ。

「あれ、なぜそんなことをご存じなのです」

「だって、様子は如何かと、毎日覗いておりましたもの」

「なんだ、そうでしたか……ちっとも気づきませんでした」

剣の道場だったので、大きな窓がついているのだが、そこからいつも覗いている親たちの姿はあった。だが、美雪もその中にいようとは、俊作は思いもしなかったのである。

少し嬉しい気持ちになっている。

「それに、隆一郎は、どうも親が怖くて、胸のうちを開くことができないのではないかと、安藤先生は仰ってました。なにか隠していても、それを訊きだすのは自分では難しいとも」

それで、俊作にお鉢がまわってきたわけである。

「どこまで出来るか分かりませんが、とにかく隆一郎と話してみましょう」

俊作は、心が急《せ》くのを感じた。

腕白小僧の達吉の身が案じられる。


そろそろ子どもたちが来る時間だが、喜十郎は客間としている座敷にいた。子どもたちの面倒は、太一郎にしばしまかせるようである。美雪も、しばらくのあいだは、太一郎を助けるために残ることになった。

俊作が座敷に入って、喜十郎に挨拶すると、しばらくして、顔色のすぐれない痩せた男が入ってきた。

「豆腐屋の政三です」

ペコリと辞儀をする頭は、白髪が目立っている。

そのすぐあとに、恰幅《かっぷく》のよい町人がやってきた。

上田縞の茶の小袖に、同色の羽織を着こなしている。

「丸栖屋の惣右衛門でございます」

慇懃《いんぎん》に礼をする。頬の肉が膨らんで垂れて落ちそうなほどだ。

喜十郎が俊作のことを紹介する。二人は、臨時の師範の武士だと知っているようだった。

惣右衛門は、懐に手を入れ、

「また、文が投げこまれておりました」

投げ文を喜十郎に渡した。

その文面には、用意した二百両を革袋に入れて、今夜四つ（午後十時）に、楓川《もみじがわ》の海賊橋のたもとに泊めてある猪牙舟《ちょきぶね》に放りこめとあり、子どもは、金を受け取ってから返すとだけ記してある。

「お願いです。二百両の金を貸してはもらえないでしょうか」

政三が、惣右衛門に土下座した。

「そんなことをしてもらっちゃあ困ります。顔を上げてください。そちらさんには、二百両もの金を返す当てがあるのですか。私も商売人です。戻ってこない金を貸すことは出来ません」

「親戚に頼んで、金をかき集めますので、なんとか……」

「そうは言われましてもねえ」

たいした親戚もいないではないかという態度である。

「昨日も言ったが、達吉は、隆一郎に間違われたのだ。丸楯屋さんの身代が目当てのことなのだから、せめて半金でも出してあげるのが筋ではないのかの」

喜十郎が、横から口を挟んだ。

「昨日言いましたとおり、勝手に、豆腐屋さんの息子が、私の息子に成り済ましたのがいけないのです」

惣右衛門は、かたくなに拒むと、腕を組んだ。

唇はギュッと引き結ばれ、眉間《みけん》の皺《しわ》が深く、情になど流されてはかなわぬとばかりの強情な決意が見て取れた。

「仕方ない。政三さん、いくらでもいい、出来るだけ集めた金を渡すよりほかに道はない。それが一両でも二両でもな。それから、役人には、やはり届けたほうがいい」

「そ、それは待ってください。殺されてしまいます」

「脅しだから、そうと決まったわけではない。役人とて莫迦《ばか》ではないから、目立たぬように動いてくれるはずだ。わしが届けておくから、あんたは金を工面してきなさい」

喜十郎の言葉に、政三は渋々うなずくと、一度も顔を上げることなく、座敷から出て行った。

「私のことを鬼と思っておいでなのでしょうが、私は一代で汗水垂らして店を大きくしたのです。誰にも文句は言わせません」

惣右衛門は、そう言い捨てると座敷をあとにしようとしたが、

「少しお待ちなさい」

喜十郎に止められた。

「滝沢どのを隆一郎に会わせてもらいたいのだ」

「な、なんでそのような」

「滝沢どのは、子どもたちに頼りにされている御仁《ごじん》だ。隆一郎も、滝沢どのに会えば、忘れていたことを思い出すやもしれぬ。それでなにか手がかりが得られるかもしれぬではないか。これから、滝沢どのを会いに行かせてもよろしいな。そのくらいは認めてもらってもよいであろう」

喜十郎の言葉に、明らかに不満なようすだったが、金を出さないで済んだこと

もあって、惣右衛門は仕方なくうなずいた。

四

隆一郎は、手習い所に出てきてはいなかった。

俊作は、惣右衛門のあとについて丸楯屋に向かった。

惣右衛門は、終始ぶっきらぼうで、そつがない商人とは、少し趣が違っているようだ。

丸楯屋の男用袋物が流行っていると聞くが、それが惣右衛門考案のもので、商人とはいっても、職人の気質が混じっているのかもしれなかった。

(それにしても、吝嗇《りんしょく》のそしりは免れぬな。全額とはいわぬまでも、少しは負担すべきではなかろうか)

俊作は、惣右衛門に不満を感じていたが、ぐっと我慢した。

まずは、隆一郎に話を訊かなければならない。ここで惣右衛門の機嫌を損じ、会わせてもらえぬ愚は犯したくなかった。

ただ、隆一郎と話して、新しいことが分かるかどうかである。

「倅に訊いても、なにも分かりませんよ。まだ十歳の子どもです。倅は倅なりに、達吉がいなくなったことに驚きおののいてふさいでいるのですから、なにぶんにも穏やかにお願いします」

惣右衛門は、俊作に釘を刺した。

客間で待っていると、惣右衛門に伴われて隆一郎が現われた。

隆一郎は、普段も色白で病弱そうだが、いまはさらに蒼白といってよい顔色である。一度、俊作を見て辞儀をすると、顔を伏せた。

主人の惣右衛門は、隆一郎を座らせると、自分も横に腰を下ろした。

（やりにくいではないか。店はよいのか店は……）

俊作は、腹の中で文句を言ったが、顔には出さず、

「隆一郎、ちゃんと食べておるかな」

俊作の問いに、隆一郎は、下を向いたまま、かすかにかぶりを振った。

「それはいかんな。食べ物をとらぬと、体が弱ってしまうぞ」

隆一郎は、こくんとうなずく。

「昨日のことを少しだけ訊きたいのだが……達吉のことだ」

達吉という名前に、隆一郎はぴくんと肩を震わせた。

「達吉が、知らない男に連れ去られたそうだが……その男と達吉とのやりとりや、どんな男だったのかを、よく思い出して話してはくれぬか」

隆一郎は、下を向いたまま黙っていたが、

「ぼ、ぼくがいけなかったんだ……」

小さな声で言った。

「なにが、いけなかったのだい」

「なにを言ってるんだ、隆一郎」

俊作と惣右衛門の言葉が重なった。

「惣右衛門どの、隆一郎には言いたいことを言わせてください。あなたのような怖い父親が一緒では、話したいことも話せないではないか」

「しかし……」

不満そうな惣右衛門だが、襖がいきなり開いて、

「あなた、店に出てください。お武家さまは、なにも隆一郎を問い詰めにきていらっしゃるわけではないようですから、あなたは邪魔です」

穏やかだが、きっぱりとした声が聴こえた。

大柄で色白の、目鼻だちのはっきりした女がそこにいた。

隆一郎とよく似ている。丸楯屋の内儀であろうか。

「……わ、分かった」

どうやら、惣右衛門は、内儀には頭が上がらないらしい。渋々ながら客間から出て行った。

「お武家さま、よろしくお願いいたします」

内儀は、手をついて頭を下げると、襖を閉めた。

襖の向こうでうかがっているような気配がしたが、それは仕方ない。ともかく惣右衛門を追っ払えただけで充分である。

「では……まず、男が声をかけてきたのだったな。いつどこでだ」

「通りに飴屋が来ていたから、飴買って、二人で歩いているとき」

「どんな男だった」

「滝沢先生よりは歳とっていて、父さまよりは若かったです。普通のおじさんで、顔はよく覚えてないです」

その男が、やあと言って手を上げてきて、

「隆一郎っていうのはどっちだい。丸楯屋のぼっちゃんだよな」

と、声をかけてきたそうである。

隆一郎が応えようかどうしようか迷っていると、

「おいらだよ」

達吉が言った。

「なぜ、達吉が自分がそうだと言ったのかな」

「それは、さっきも言ったように、僕が悪いんだ。飴買う前に、みんなで走っていてつまずいて、傘屋の店先で転んじまったんだ。並べてある傘につっこんで、傘の骨を折って……」

ちょうど、傘屋の者は奥にひっこんでいて、誰も見ていないからと、そのまま駆けだしたのだという。

そのとき、友人の誰かが、遠くから、

「隆一郎、大丈夫か？」

と、声をかけた。

だから、みなと別れ、達吉と飴をなめながら歩いているときに、隆一郎はどっちだと問われ、さきほどの傘屋の者が、声をかけてきたのだと思いこんでしまったのだという。

「たっちゃんもそう思ったんだと思う。その人のあとをついて行くときに、ぼくを見て、にっこり笑ってうなずいたんだ。たっちゃんは、ぼくの代わりに叱られようとしたんだよ。いつもいつも、たっちゃんは、弱いぼくを庇《かば》ってくれるんだ。いじめられたときも、安藤先生の大切にしていた壺を割ったときも……。そんなたっちゃんが……たっちゃんが、ぼくの代わりにかどわかされたなんて……ぼくが隆一郎だって言えば、よかったんだ」

言い終わる前から、隆一郎の両膝に、ぽたぽたと涙が落ちた。うつむいたまま泣きだした隆一郎は、やがておいおいと声を上げて号泣しだした。

「こ、これ、泣かずとも……」

俊作が、戸惑っていると、襖を開けて、内儀が入ってきた。

隆一郎を抱きしめ、

「いいのよ。正直に話して立派でしたよ」

と、声をかけている。

すると、どたどたと足音がして、惣右衛門が顔を出し、

「いったい、なにをしたんです、滝沢さま！」

物凄い形相で、俊作をにらみつけた。

「あなた、失礼ですよ。ここに座りなさい」

内儀の一喝で、惣右衛門は怯《ひる》み、大人しく座った。

「豆腐屋さんに二百両、用立ててもらいますよ」

内儀の言葉に、惣右衛門は目を白黒させた。


喜十郎が自身番屋をとおして、奉行所に達吉かどわかしの件を伝えた。

表立った動きを悟られないように、喜十郎が密かに南町奉行所同心坂崎甚之助に会い、ことの次第を話した。

甚之助と別れ、手習い所に帰ってきた喜十郎は、俊作からの言伝《ことづ》てを託された美雪から、二百両の金を丸楯屋が用意すると知らされた。

金策が上手く行かず、夕方になり、茫然《ぼうぜん》自失の状態で豆腐屋に帰ってきた政三は、その吉報を知り、ひとまず安堵《あんど》することとなった。

そのあいだ、俊作はなにをしていたかというと……本町から南へ下り、江戸橋を渡ると、楓川沿いに、ゆっくりと歩いたのである。

海賊橋のたもとには、果たして猪牙舟が一艘もやってあった。

中には誰もいない。

（猪牙舟に放り投げられた金を、どうやって取るのだろう……つけられないように逃げる算段はどのようなものか……)

あれこれと思案しながら、歩いて行く。

さらに、賊が潜みやすい場所などはないかと、細心の注意を払って、まわりを見ていた。

だが、外から見れば、若い田舎侍が物珍しそうに、江戸の町をきょろきょろしながら歩いているとしか見えなかったろう。

やがて、日は傾き、楓川が、夕陽に赤く染まったころには、俊作は、喜十郎の手習い所で、忍んできた坂崎甚之助や伝五郎とともに、話しこんでいた。

五

空に雲はなく、楓川にくっきりとした月影を映していた。

ゆらゆらと川面に浮かぶ猪牙舟も、月光にその姿が露《あらわ》だ。舟に近づく姿は、遠くからでもはっきりと見えるだろう。

達吉をかどわかした賊にとっては、都合が悪いはずの月夜であった。

四つ(午後十時)になった。

商家の手代風の男が、海賊橋に近づいてきた。

丸楯屋の手代である。

橋のたもとから土手に降りると、懐からずっしりと重い革袋を取り出し、猪牙舟に投げ入れた。

革袋が猪牙舟の中に落ちる鈍い音がする。

あたりに人影はなく、物音も川の流れる音しかしない。

丸楯屋の手代は、寒そうに襟を合わせると、土手を上がり、もと来た道を引き返して行った。

ときおり吹く風に、土手の柳がさわさわとなびき、楓川の川面は波紋を高くする。しかし、あいかわらず人影はなく、森閑としたままだった。

猪牙舟の中には、革袋が落ちたままになっている。

すると……猪牙舟のすぐ脇の水面に、ぬうっとなにかが出てきた。

川に潜む生き物が、夜闇に乗じて現われたかのようである。

若い男のようで、やけに白い息が口から立ちのぼった。極めて寒い夜だが、川面は、さらに冷えていることがうかがえる。

男は、猪牙舟の縁に手をかけ、ひょいともう一方の手を伸ばし、革袋をつかむと、また水に潜って姿を消した。

つぎに現われたのは、猪牙舟から数間先の、水面である。

すいすいと泳いだのちに、また男は潜った。

さらに、数間先で、顔を出す。顔を出しながら、まわりをうかがい、誰も見ていないことを確かめている。

そうやって川下の越中殿橋《えっちゅうどのばし》近くまでくると、そこにもやってあった屋根船の横にぴたりと張りついた。

屋根船の障子が開いた。男は、川から上がると、吸いこまれるように船の中に入りこんでしまったのである。

屋根船から、男が一人出てくると、もやい綱を解いた。川から上がった男とは別人である。

男が棹を操り、屋根船は、ゆっくりと川面を下って行った。

楓川を下り終えると、屋根船は白魚橋《しらうおばし》まで進み、京橋川をしばらく遡行《そこう》して、中ノ橋近くで止まった。

船を操っていた男は、船を岸にもやい、船の中からは、さきほど水から上がった男が出てきた。着替えたのか、濡れていない。小脇に大きな荷物を抱えているのは、濡れた衣服と金であろうか。

二人の男は、小走りに水谷町の路地の中へと入って行った。

そのあとを、ひとりの乞食が、ひょこひょことついて行く。

白魚橋の橋脚の下にいたのだが、屋根船がくると、這《は》い出してきたのである。

乞食は、ぽとりぽとりと、なにやら白っぽいものを落としている。

水谷町の路地に乞食が消えると、しばらくして、楓川沿いに下ってきた猪牙舟が白魚橋のたもとで止まった。

ぱらぱらと三人の男たちが下りると、あたりの地面を探る。

「ありました」

乞食の落としたものに気づき、拾い上げた男が小声で言った。岡っ引きの伝五郎だ。脇から、下っ引きの孫六が覗く。

「たしかに」

もうひとりの男が、伝五郎の差し出したものを見て言った。大小を差した武士である。南町奉行所同心の坂崎甚之助だ。

乞食が落としたものは、干し芋のかけらだった。

さらに、楓川を下って、走ってくる者たちがいた。六人の捕り方たちだ。

「音を立てるでないぞ」

甚之助の言葉に、一同はうなずくと、干し芋のかけらをたどって、水谷町の路地に入って行った。

何度も路地を曲がった先に、一軒の仕舞屋《しもたや》があった。

元は畳職人が仕事場にしていたのか、藺草《いぐさ》の匂いがしみついているが、いまは貸家の張り札がある。

だが、貸家で無人のはずなのに、閉め切った雨戸の隙間から、ちらちらと灯《ひ》が漏れているのが見えた。

仕舞屋の隣家の壁の前に、うずくまっている人影があった。

さきほどの乞食である。

煮染《にし》めたような手拭いを被り、煤《すす》けた顔をしているが、その目は若々しい光を宿している。

乞食に扮していたのは、俊作だった。

昼間、楓川の岸辺を歩いて下ったのだが、何艘かの屋根船や猪牙舟がもやってあるのを見て、この中のどれかが、猪牙舟に近づくのか、あるいは、誰かが泳いで近づき、革袋の金を持って行くのに違いないと踏んだのである。

川岸から猪牙舟の金を拾うと、あとをつけられやすいので、速く川を下れる船を用いると思ったのだが、問題は、どこまで船が下るかである。

甚之助や伝五郎と策を練り、あらかじめ等間隔に離れた場所に人を待機させ、楓川を見張らせることにした。

楓川沿いに三人、白魚橋に俊作、そして、その先に二人が見張っていた。

白魚橋のあたりで、一本の水路と交わり、京橋側が京橋川、反対側が八丁堀である。京橋川へ行くとしたら、俊作があとをつけることになっていた。

八丁堀には、下っ引きの欣次《きんじ》が張っている。

仕舞屋の中をうかがっている俊作の元に、甚之助たちが、足音を忍ばせて近づいてきた。

無言で俊作にうなずくと、甚之助は、仕舞屋の出入り口を固めるように、捕り方たちに指示を出した。

そして、俊作に近づき、

「何人ほどいるのでしょう」

と、訊く。

「船には二人乗っていて、二人とも中に入りましたが、中にあと二人か三人いるのではないでしょうか。ただ、この家の中に達吉がいるかどうかまでは、分かりません」

「……達吉がいないと、ほかにもまだ隠れ家があるということになりますが、中の者の口を割らせればよいでしょう。また、月宮に頼みますかな」

最後は独り言だったが、月宮数之進の拷問に遭《あ》えば、すぐに白状するだろうと思ったのである。

達吉が賊から解放されるまで、捕縛は待とうということも考えたが、賊を取り逃がすのだけは避けたいという気が、甚之助にはあった。

捕り方たちが、仕舞屋のまわりを囲むと、伝五郎が仕舞屋の戸口に張りついて、中の様子をうかがった。

戸口は開き戸で、閉め切った雨戸の脇にあり、そこから出入り出来るようになっているのだが、内側に閂《かんぬき》がしてあるようだ。

伝五郎は、戸口の横に隙間があるのをたしかめると、用意してあった細い釘を隙間に入れた。

ゆっくりと押し上げて行き、閂が外れたと見るや、戸口を引き開けた。

甚之助を先頭に、伝五郎、ついで捕り方たちがつづいて中に入って行く。

俊作は、役人ではないのと、こうした捕り物は素人ということで、外で待機していることになっていた。

仕舞屋の中が、いきなり騒々しくなった。

ドタンバタンという音と、男たちの怒号があたりに鳴り響く。

（達吉が無傷でいてくれれば……）

俊作は、一心に達吉の無事を祈った。

すると、とつぜん仕舞屋の雨戸が外に吹っ飛んだ。

夜なので分からなかったが、よほど古い家なのだろう。雨戸もガタがきている

ようである。

雨戸が吹っ飛んだと同時に、中から、捕り方たちの龕灯《がんどう》のあかりが四方にまば

ゆく散った。

そのあかりの中を、飛び出てきた者があった。

一散に走り去ろうとする男の前に、俊作は立ちはだかった。

「ここからは行かせぬ」

手拭いを放り出し、煤けた顔の俊作は、脇差を抜く。乞食に扮していたので、

大刀は携えてはいなかった。

男は、俊作より頭ひとつ大きく、屋根船に乗っていた者ではなかった。

俊作は、男が左腕で達吉を抱えているのに気づいた。

「通せ。通さねば、こいつを殺すぜ。刀も捨てろ」

匕首《あいくち》を、達吉に突きつけた。

達吉は、ぐったりとして目を閉じている。

「卑怯な……」

だが、どうしようもない。俊作は、脇へ避けるように、体を塀に寄せると、脇差を、手から離した。

ちゃりんと脇差が地面に落ちたのを合図に、男は、猛然と俊作の脇を駆け抜けて行く。

そのときである。俊作は、地面に落ちた脇差の柄を足で撥《は》ね上げた。

撥ね上がった脇差は、くるっと一回転したあと、俊作が手で押し、男の太股に突き刺さったのである。

「ぐわっ」

男がうめき、足が止まった瞬間、俊作の拳が男の脾腹《ひばら》を突いた。

ガクッと腰が落ち、達吉が地面に落下したが、男はそれでも気を失わない。

右手に持った匕首を、ビュンと振りまわす。

俊作は、匕首を避けると、渾身《こんしん》の力で、男の顎に肘を入れた。

ようやく、男は白目を剝《む》くと、倒れていった。

「おい、達吉、しっかりしろ」

俊作が達吉を抱き起こすと、むにゃむにゃと口を動かし、

「かあちゃん、腹減った」

達吉は無邪気に寝言を言っている。

達吉をかどわかした賊は、総勢四人で、達吉を抱えて逃げようとした大男が頭領だった。

「あの脇差を地面から撥ね上げた技は、一刀流のものなのですか」

捕縛が一段落し、煤けた顔をまだ拭っていない俊作に、甚之助が訊いた。

「いや、あれは……」

俊作は、小鬢をかいた。

猪田藩の若殿である鷹丸の近習だったころ、鷹丸と剣術ごっこをしきりにしていたのである。

そのときに、脇差や小刀を足で撥ね上げて、近くの的を目掛けて、手で突くという遊びや、脇差飛ばしといって、脇差を投げて的に当てる遊びなどをしていたのである。

「いま思えば、莫迦《ばか》な遊びでしたが、けっこう面白かったのですよ。あれが、こうして役に立つとは、分からぬものです」

「それはもう遊びを超えておるのではないですか。立派な武芸です」

「そのようなものではないと思うのですが」

「いや、役に立ったではないですか。謙遜なさることはない」

甚之助の言葉は、俊作には面はゆかった。

それと同時に、鷹丸と遊んだときのことが、たまらなくなつかしくなった。

(また、あのような楽しいときを鷹丸ぎみと過ごしたいものだなあ……)

だが、それは叶うことのない思いであることは分かっていた。

六

達吉は眠っていたようで、どこにも怪我はなく、無事に豆腐屋に届けられた。

丸楯屋の用立てた二百両も、手つかずのまま戻ってきた。

安藤喜十郎は、手習いの指導に専念する毎日を送ることができている。

かどわかしの一件が起こる前と、まったく同じ日々に戻ったかに見えた。

だが、ひとつだけ変わったことがあったのである。

それは……。


手習いが終わり、みな昼餉を食べに家に戻って行った。

達吉と隆一郎は、以前と変わらずに、連れ立って外に出ると、昼餉のあとで遊ぶ約束をとりつける。

「じゃあな」

「あとでね」

二人は、それぞれの家に駆けだした。

すると、勢いあまった達吉が、ふらふら蛇行しながら歩いている浪人に、ぶつかったのである。

「こら、坊主。ちゃんと前を見て歩け」

熟柿《じゅくし》臭い息を吐いた浪人は、達吉の腕をつかむとにらみつけた。

月代《さかやき》は伸び、無精髭《ぶしょうひげ》もぼうぼうとしており、着物はよれよれだ。酒をこぼしたのか、袴《はかま》からも酒の匂いが漂っている。

「お侍さんが、ふらふらしてたからじゃないかよ」

達吉は、つかまれた二の腕の痛さに顔をゆがめつつ、言い返した。

「なに！　わしはふらふらなぞしておらぬぞ。口応えするとは生意気な」

浪人は、昼間からかなり出来上がっていた。

なにか面白くないことがあったのか、常に不機嫌なのかは分からないが、ぶつかった達吉は災難である。

二の腕をつかんだまま、浪人は達吉を片手で持ち上げた。

「ぎゃー、い、痛いよぉ」

達吉が悲鳴を上げた。

そのときである。

「なにするんだ！」

浪人に殴り掛かったのは、ほかならぬ隆一郎だった。

ぽかぽかと両手で浪人の腰のあたりを殴りつけるが、蝿《はえ》がたかっているほどの威力しかない。

だが、子どもが自分に狼藉《ろうぜき》を働くとは、浪人にとっては許せないことだった。

「こいつ！」

浪人は、達吉を放すと、今度は隆一郎の首に手をかけた。

「ぐぐっ」

首を持ったまま浪人は、隆一郎を持ち上げた。

「やめろお！　隆ちゃんが死んじゃうじゃねえか」

今度は、達吉が浪人の足にかみついた。

「い、いてて」

浪人は、隆一郎を放り出すと、達吉を殴りつけた。

達吉は、すってんと転がる。

「こ、こいつ……」

袴の上から、かみつかれたところをさすりながら、浪人は転がっている達吉に迫った。

浪人はかがみこむと、起き上がろうとしている達吉の髪をつかんだ。

「やめろってば」

浪人の背中に、隆一郎が飛びついた。

「くそっ、この悪ガキが」

浪人は、達吉の髪から手を放すと、隆一郎を振りほどこうとするが、隆一郎は浪人の襟をつかんで放さない。

「ば、莫迦にしやがって」

逆上した浪人は、刀を抜くと、

「無礼打ちにしてくれる」

振りかぶった刀の刃先を下に向けると、背に乗った隆一郎に、突き立てようとした。

その瞬間、浪人の顔に石つぶてが飛来した。

ガンと眉間に石つぶては命中する。

「うわわっ」

目がくらんだ浪人は、刀を持ったままよろけた。

「隆ちゃん」

襟から手を放した隆一郎に、達吉が駆け寄り、二人は、浪人から離れた。

「なにやつ！」

浪人は、石つぶてを投げた者がどこにいるのか、鬼の形相で探した。

「私です。子ども相手にみっともないことはやめたほうがよいですよ」

浪人に近づいてきたのは、俊作であった。

「貴様ーっ」

浪人は、いきなり手にした刀で、俊作に斬りつけた。

俊作はなんなく刀を避けると、

「よしなさい。そんなに酔って刀を振るえば、まわりの人を傷つけますし、あなた自身も怪我をしますよ」

諭《さと》すように穏やかに言ったのだが、

「うるさい！」

浪人は聞く耳を持たないようである。

（これは酒乱だ……）

やれやれと呆《あき》れる俊作に、浪人はさらに斬りつけた。

刀を避け、

「御免」

俊作が当て身を入れると、

「うぐっ」

浪人はうめいて、その場に倒れこんだ。

「すまぬが、どなたか自身番屋へ行って、町役人を呼んでくださらぬか」

俊作がまわりを見まわして言うのへ、

「ぼくが行ってきます。滝沢先生、ありがとうございます。ぼくが助けなくてはいけなかったのですが、足がすくんで」

太一郎が青ざめた顔で言った。

手習い所から出てきて、この騒ぎを見ていたのだが、なにもできなかったことにうちひしがれている。

「それは仕方ない。相手は、酒に正気をなくした侍だ。下手にあいだに入っては、お前が怪我をするところだった」

俊作の言葉に、太一郎は少しほっとした顔になり、自身番屋に駆けだした。

俊作は、古茂田宋伯の家にいく途中に、たまたま通りかかったのである。

手習い所の代理師範に推挙してくれた礼を、改めてしたかったからだが、自分ではそうと知らず、心のどこかで美雪に会いたい気持ちもあったようだ。

「滝沢先生、ありがとうございます」

隆一郎が涙目になって言った。

「先生、なかなかやるな」

達吉が、笑っている。

「お前ら、向こう見ずだなあ。ああいうときは、ひたすら謝らないと、大変な目に遭うぞ」

「分かってるけどさ……」

達吉は不服そうである。

隆一郎は、目を拭って涙をこらえている。

「まあ、いい。怪我も大したことはないようだから、早く家に帰って昼餉を食べなさい」

これには、二人とも、

「はーい」

素直に返事をした。

「それにしても、隆ちゃん、凄《すご》いぜ。助けてくれてありがとうよ」

「なに言ってんだよ。たっちゃんだって、僕を助けてくれたじゃないか」

二人の会話を聞いて、俊作の顔に笑みが広がった。

かどわかしの件を経て、達吉もだが、弱虫の隆一郎が見違えるほど逞《たくま》しくなっている。

これが、本町二丁目界隈《かいわい》で、大きく変わったことだった。

師範をしていたのは、ほんの短いあいだだけだったが、俊作には、教え子たちのこの変化がことのほか嬉しかったのである。

第四章　猫の匂いのする侍

一

寒さは和らぎ、春の薫りが風に混じって漂う如月《きさらぎ》半ばの夕刻。

俊作は、助左衛門の部屋で、酒をゆっくりと呑んでいた。

酒は、助左衛門が買ってきた冷や酒で、肴《さかな》は、大工の女房おはるが俊作に持ってきてくれた蕪《かぶ》と蕗《ふき》の漬け物である。

「おはるのやつ、俺のところには、とんと持ってきてくれなくなったな。見てくれと若さだけで、とんだ心変わりだ」

助左衛門は、顔をしかめながら、蕪の漬け物をバリバリとかじった。

「おはるさんは、荒垣どのにもと言っておりましたよ。歳が下だから、私のほうが気安いのじゃないでしょうか」

「そうかの。食えない年増《としま》だぞ。わしには、ただ物珍しさで近づいてきおった
が、おぬしには違うものがありそうだ。おぬしも気をつけることだな」

「なにに気をつけるのですか」

「なにと言うと……あの尻だ。気がついたら、おはるの裸の尻の下にいて身動き
ができなくなっておるぞ。そうなったら、亭主の彦吉《ひこきち》が黙ってはいまい。金槌か
鋸《のこ》持って、おぬしを殺しにくるだろう」

おはるの大きな尻の下にいる自分に、四角張った顔の彦吉が、とんかちとんか
ちと金槌を打ちつける図を思い浮かべて、

「そ、そんなのは御免ですよ」

ぞっとして身震いした。

「どうだか」

助左衛門も思い浮かべているのか、にやついている。

そのとき、

「わしだ。助さん、入るぞ」

外から声がした。

がらりと腰高障子を開けて入ってきたのは、桑原茂兵衛である。

「おう、爺さん、酒の匂いを嗅《か》ぎつけてやってきおったか。まあ、かけつけで一杯どうだ」

「それはありがたい。では、いただこう」

助左衛門が、縁の欠けた茶碗に徳利から酒を注いで渡すと、茂兵衛は旨《うま》そうに、半分まで呑み干した。

「全部いかぬか」

助左衛門の注文に、

「歳だからな、若いころのようには呑めぬ」

と言いつつ、また茶碗に口をつけ、残りを呑み干してしまった。

「しかし、大した酒ではないな」

ぷはっと息を吐いて言う。

「ちっ、呑ませて損したぞ。なけなしの金で買ってきたのだ」

「安酒だが、まずいと言ったわけではない。もう一杯もらおうか」

茂兵衛が差し出す茶碗に、助左衛門はむっとしながら、それでも酒を注ぐ。

その酒をぐびりと呑むと、

「さて。わしがここにやってきたのは、酒と漬け物の匂いに誘われたわけではなかったのだ」

「わかってるわ、そんなこと」

「まあ、聞け。おぬしにかなり割りのよい仕事を持ってきたとしたらどうする。おい？」

「どうするって、そりゃあ、ありがたいに決まっておる。もっと呑むか」

「へっ、ちゃっかりしておるの。わしはもうよい。これ以上呑むと、女を抱くのに支障をきたす」

これには俊作も驚いた。

「滝沢が目を丸くしておるぞ。爺さん、まだ女を抱けるのか」

「抱けるもなにも、わしが抱くと、女は随喜の涙を流して喜ぶのだ」

顎《あご》をポリポリとかいている。

「ちっ、どこまで本当かどうか。嘘をつくと地獄に堕《お》ちるぞ。それはともかく、仕事の話をせぬか」

「そうだったの。女の話は、またのちほどするとして……おぬしも滝沢さんも、指物師の勝負のことを覚えているか」

普請奉行である織部石見守と作事奉行の沢渡能登守は、二人とも指物好きの同好の士だが、出入りの指物師による仕掛け箱の優劣を競い合った。

「覚えているに決まっておろうが。指物師の用心棒として雇われたのは、この俺だからな。それに、石見守の娘が懸想《けそう》した兼吉を救い出したのは、この滝沢で、仕掛け箱とやらの指物勝負は、どうなったのだ」

助左衛門の問いに、

「勝負がつかなかったのだ。仕掛け箱の判定をしたのが、漆原列山という数奇者《すきしゃ》だったが、どちらも素晴らしく、優劣を決められるものではないと匙《さじ》を投げたのだよ」

「どちらかに軍配を上げれば、勝ったほうは気持ちよいでしょうが、負けたほうは漆原列山を恨むかもしれませんしね」

俊作は、ふと思ったことを口に出した。

「おお、おぬし、ずいぶんうがったことを言うな。浪人になって、ずいぶんと人のことが分かってきたではないか」

助左衛門が、冗談ともつかぬ口調で言う。

「滝沢さんの言ったことは、半分ほど当たっておるのだ。実は、織部石見守の用人佐伯主水は、列山に勝敗をつけないでほしいと頼んだそうな。もっとも職人のことを考えてのことではなく、二人の奉行に禍根《かこん》が残ってはいけぬという配慮からなのだが」

茂兵衛が名前を出した佐伯主水の顔が、俊作の頭に浮かぶ。

痩《や》せて目が細く、その代わり眼光は鋭かった。その目の上の眉毛《まゆげ》が、やけに黒々として目立っていた。

「列山は、その主水の頼みを聞き入れたというわけか」

助左衛門の言葉に、

「一応、話だけはうかがっておくという態度だったそうだが、あとで列山は、頼まれなくても、あれは優劣をつけられないと、主水に言ったそうだ。それならそれで一件落着のはずだったのだが……」

二人の奉行の気持ちが収まらなかったのだそうだ。

では、ほかのことで決着をつけようということになる。

元は、ただ指物師の腕前の優劣のことで始まったのが、いつしか二人のあいだの競い合いということになってしまった。

「指物勝負で勝敗がつかなかったことが、余計に相手に勝ちたいという気を強くしてしまったようなのだ」

　今度は優劣が、はっきりとつくものにしようと、石見守と能登守はあれこれと思案したが、けっきょくお抱えの剣士の腕前ではどうだということになった。決着のつくまで勝負をさせれば、勝敗が決する。

「石見守の家臣に、凄腕の剣客がいるとは思えぬぞ。指物師の用心棒に、この俺や滝沢を雇ったほどだからな」

「ですが、私が用心棒の役目を解かれたとき、上屋敷から腕の立つ者を、指物師のいる下屋敷に呼ぶと言っていたようですが」

「そうか、すると上屋敷に剣の遣い手がいるというわけか」

「いや、それはない。下屋敷は知ってのとおりだが、上屋敷にも、剣客などおらぬ。滝沢さんに言ったことは、用心棒を解くための方便だ」

　茂兵衛が、助左衛門を見てニヤリと笑った。

「そうか。それで、俺に仕事というわけか……すると、なんだな、俺に剣術の勝負をしろというわけか」

「そのとおりだ。助さん、やるかい？」

「こういうとき、町人はなんと言うんだったか……」

助左衛門は、少し考え、

「そうだ、あたぼうよと言うのだった」

「なんですか、その……棒がなんとかいうのは」

俊作の問いに、

「聞いたことがないのか。あたぼうは、あたりめえだべらぼうめのことだ」

「べらぼうってなんのことです」

「む……いや、それは俺も知らん」

知らないで使ったところが助左衛門らしく、大雑把《おおざっぱ》である。

もっとも、江戸の町人が、由来を知って使っているとも思えない。

「なんでも、昔、頭はとがり、目が赤くて丸く、色が真っ黒で、顎が猿のような者が見世物に出ていて、愚鈍なしぐさで客を笑わせたらしい。そいつの名前がべらぼう（便乱坊）と言い、転じて、たわけとかばかなど、人を罵《ののし》るときに使われるようになったのだ」

茂兵衛が説明した。

「あたりまえだ、この莫迦《ばか》な奴め、という意味ですか」

俊作は、言葉の面白さにくすりと笑った。

「そうだな。そのべらぼうという男が、助左衛門という名前だったら、さしずめ、あたりめえだ助左衛門、短くして、あたすけよ、ということになるかな」

「そいつは、おたすけよと、助っ人を呼んでるみたいだな」

助左衛門がすかさず応じ、埒《らち》もない会話がつづく。

べらぼうという人物がいたので、という説は有力だが、ほかにも説はあるのである。

箆棒《へらぼう》という米を潰して糊にするのに使う棒から、転じて穀潰しの意味になったという説。

また、あるいは、ヘラヘラベラベラしている軟弱なやつという説。

いずれにしても、語呂が面白いので、定着した言葉であろう。

「佐伯主水は、こうなったら、主人のために勝ってほしいということだ。石見守は、首尾よく勝ったら、召し抱えるとまで言っておるそうだ。いや、そうせねば、勝負のために雇ったことが見え見えになってしまうしの」

「ほう、なんともよい話ではないか。俺に、奉行の家臣が勤まるかどうか分からぬがな」

「なに、剣客として飯を食っているだけでよいのだ。だが、そうなると、石見守の剣客自慢が面白くなくて、また勝負を挑まれるかもしれぬがな」

「なんとも、息の抜けぬことだな。で、此度《こたび》の勝負、もし負けたらどうなる」

「負けたときは、そのままここに戻れる。世間的には、負けた剣客は、放逐したとでも言うのだろう」

「それで報酬は」

「勝ったときは、五十両のほか、百俵二人扶持《ぶち》で召し抱え、負けたときは、五両のみを与えるとのことだ」

「なかなかよい仕事だな。滝沢、うらやましいか」

助左衛門に訊《き》かれ、

「はあ……それは、勝負をする相手によりますが」

俊作は、自分が助左衛門の代わりになったら、とんでもなく強い剣客にたたきのめされるような気がして、うらやましいよりも、恐ろしい気持ちのほうが勝っていた。

二

勝負の日はまだ決まってはいなかった。

その前に、岩見守が、助左衛門の腕前をたしかめたいと言い出した。

用人佐伯主水の私淑する、元剣術道場師範の桑原茂兵衛の推挙とはいえ、石見守自身が、見てみねば、気が済まないそうだ。

まずは、助左衛門は、上屋敷で一番の腕の遣い手との手合わせをすることになったのである。

「ご武運を」

見送りに出た俊作が声をかけると、

「では、遊んでまいるぞ」

助左衛門は、少々おどけて、石見守の上屋敷へ出かけて行った。

手合わせの首尾はどうなったのか、俊作は案じてはいなかったが、昼を過ぎ、陽が傾き始めても、助左衛門が帰ってこないので、なにかあったのかと、気がかりになってきた。

ようやく、夕餉《ゆうげ》を済ませたころに、

「おい、俺だ。入るぞ」

助左衛門が腰高障子を開けて入ってきた。

「おおっ」

思わず、俊作は驚きの声を上げた。

伸び放題だった月代《さかやき》と無精髭《ぶしようひげ》がきれいに剃られて、見違えるほどに小ぎれいな助左衛門が立っていたからである。

しかも、いつもの着古した着物ではなく、羽織に小袖、袴《はかま》も新しいものを着用していた。

「そんなに驚くことはなかろう」

助左衛門は、つるつるした月代に手をやりながら、恥ずかしそうである。

「仕官が叶ったということですか……」

「それは、まだだ。家来に扮するためには、いかにも浪人の姿ではいかぬということで、無理矢理剃られてしまったわ」

剃られてしまうと、着物が汚ないということで、屋敷にあった誰かのものを着せられたという。

「今日の相手はどうでした」

「うむ。あれでは、剣客を探したいのも痛いほど分かる」

助左衛門は、上屋敷随一の遣い手である、芯明流《しんめいりゆう》免許皆伝の前田大五郎《まえだだいごろう》と対したのだが、

「いえー、どりゃー、きえーっ」

風貌はいかつく、掛け声は勇ましいが、気迫がまるで伝わってこない。

助左衛門は、片手にした木刀をぶらりと下げただけで、待っていた。

それでも、なかなか打ちこんでこない。

「ほれっ」

片手の木刀を、まっすぐ相手に突き出すと、

「うわわっ」

腰が引けて後ずさる始末。

「しっかりせい！」

石見守の叱声《しっせい》が飛び、前田大五郎は、

「うりゃー！」

捨て身の打ちこみをした。

ひょいと、助左衛門はそれを躱《かわ》し、
ばちん、と木刀で、大五郎の頭を軽くたたいた。

あっという間のできごとで、一同呆気《あっけ》に取られたが、

「し、勝負あった」

用人佐伯主水のひと声で、

「ま、まいりました」

木刀を構えたまま固まっていた大五郎は、悄然《しょうぜん》と頭を下げたのである。

芯明流免許皆伝というが、そもそも芯明流という流派に疑いを持っていた者たちは、やはりとうなずかざるを得なかった。

その中には、石見守その人と、佐伯主水もいた。

金を出せば、だれでも免許皆伝を与えるという噂のある流派だったのである。

「大五郎がこれほど弱いとは思わなかったぞ。荒垣というあの男が、どれほど強いのか、これでは分からぬではないか」

石見守は、主水を近くに呼び、小声で言った。

「馬庭念流師範の桑原茂兵衛どのが推挙した人物ですので、間違いはないかと。桑原どのは、名の高い剣客です。信じてよいかと存じますが……」

「だがの、その荒垣助左衛門とやらは、示現流と言っていたではないか。その桑原の弟子ではないのであろう。なぜ、弟子を呼ばぬ」

「弟子たちは、いずれも旗本や大名の子弟やゆかりの者たちで、殿の家来と偽って闘わせることは無理なのです。そこへいくと、あの荒垣助左衛門は、浪々の身であります。桑原どのが、その剣の腕を見て、その上で推挙されたのですから、間違いはありません」

「そうか……おぬしがそこまで言うのならば、大丈夫であろう。だが……」

もう少し見極めたいと言い、家来三人と、助左衛門ひとりで立ち合わせてみろと言った。

「そ、それはいくらなんでも……」

佐伯主水は躊躇《ちゅうちょ》したが、助左衛門はというと、

「けっこう。何人でもかまわぬぞ」

余裕で応じた。

石見守の家来たちは、ずいぶんと見くびられたものだが、随一の剣客があの体たらくである。三人がかりでも、助左衛門の敵ではなく、あっという間に打ち据えられてしまった。

これで石見守も安心し、来るべき勝負に、助左衛門を出すことに決めた。

「しかし、いくら凡手《ぼんしゅ》といえども、三人に一斉にかかられたら難儀したのではないですか」

俊作が目を丸くして訊くと、

「そりゃ一斉には難しいが、うまく間を外して、一人ずつ仕留めたのよ。まあ、けっこう動きまわったがな」

三人が横一列に並んで迫ってくるので、まずは右へ走り、右の相手が身構えたときに、いきなり真ん中の武士に突きを入れ、気をそがれていた右の武士へまたもどって、これを打ち据えた。

この間はまたたくまのことである。一人残った相手には、余裕で対したのだという。

「では、能登守の家来に勝てば、めでたく仕官の道が開けるというわけですね。荒垣どのの腕前ならば、それも叶うでしょう」

「うむ。まあ、負けたとしても、五両は手に入るからな」

助左衛門は、にんまりと笑った。

両奉行を前にしての勝負は、それから二日後だという。

翌朝の早朝稽古は、心なしか助左衛門の素振りに力が入っているように感じられた。

俊作と木刀を交えた稽古も、いままでよりも激烈を極め、助左衛門の強い気持ちが伝わってきた。

仕官の道が切り開かれようとしているのである。

口にこそ出さないが、助左衛門は、この滅多にない機会に、将来を託そうとしているのであった。

朝餉を一緒に済ませると、助左衛門の月代を俊作が剃った。そのあとに、俊作の月代を助左衛門が剃ってくれた。

自分で月代を剃るには限界がある。ところどころまばらになっていた俊作の月代が、またきれいに剃り上がってきた。

無精髭のない助左衛門の顔は、見慣れないゆえに、少し間延びして見えたものだが、それも慣れるに違いない。

長屋の連中も、助左衛門の変化に戸惑うとともに、仕官が決まったのだろうかと噂し合っている。

直接、助左衛門に訊く者もいたが、助左衛門は笑って、

「なに、小ぎれいにしてみたくなっただけのことよ」

と言って、はぐらかしていた。

俊作に訊く者もいたが、どうしたのだろうと首をひねって誤魔化した。

その翌日。試合の行なわれる日である。

試合は、四つ（午前十時）に行なわれる。

助左衛門は、早朝稽古はいつもどおりやると俊作に言っていた。

ところが、いつまで経っても起きた気配がない。

やはり、昨夜は緊張から眠れず、寝坊しているのだろうと俊作は思った。

（まあ、稽古はせずとも、休んでいるのがよいかもな）

朝飾は共に食べたり、別々だったりと、その日によって臨機応変だ。

その朝は、俊作も稽古を取り止め、助左衛門の分まで飯を炊いておいた。

鰯《いわし》を焼き、味噌汁を作り、香の物など膳に揃えて、朝餉の準備が整ったのだが、それでも、助左衛門が起きた気配がない。

（これは妙だ……）

このときになって、なにか異変が起きたのかと、胸騒ぎがした。

俊作は、助左衛門の部屋の前まで行くと、腰高障子越しに、

「荒垣どの、朝餉の用意ができましたが」

声をかけてみた。すると……、

「うう……」

呻《うめ》き声が聴こえた。

「どうしました、開けますよ」

俊作が腰高障子を開けて、薄暗い部屋の中を覗《のぞ》くと、助左衛門の万年床がもぞもぞと動き、

「た……滝沢……」

助左衛門の弱々しい声がした。

俊作は、あわてて中に入ると、座敷に上がった。

助左衛門は、げっそりやつれた真っ青な顔で、布団にくるまっている。

「いったい、なにがあったのです？」

「う……どうにも、吐き気がし、腹が痛くてたまらぬのだ」

聞けば、夜中に何度も厠《かわや》へ行き、いまは出るものも出ない状態なのだが、それでも、胃の腑がむかむかし、下っ腹が痛いと言う。

「いますぐ、医者を呼びますので、待っていてください」

俊作は、長屋を飛び出ると、茂兵衛の家へと走った。

知っている医者というと、古茂田宋伯だが、日本橋の本町は遠い。

もうひとり、太田暁安《おおたぎょうあん》という医者を知ってはいるが、家を知らない。

暁安は、助左衛門が斬られたときに、茂兵衛が駕籠《かご》に乗せて連れてきた医者であった。

茂兵衛は朝餉の最中だったが、俊作の話を聞くと、すぐさま暁安を呼びに行くと請け合い、俊作には、戻って待っておれと言った。

助左衛門の部屋で、湯を沸かし、呻き声を聞いていると、やがて茂兵衛が、暁安を連れて現われた。

暁安は、茂兵衛と同じ相生町に住んでおり、つるつるとした禿頭《とくとう》で、その代わりなのか白髯《はくぜん》豊かな老人である。

茂兵衛は暁安を駕籠に乗せて、自分は走ってきた。元気な老人である。

暁安は、苦しんでいる助左衛門の脈を取り、話を聞いてから腹をたたいたりと、ひととおり診察をし、

「ふむ……これは、かなり弱っておるが……まあ、体は丈夫なので死にはせぬだろうな」

と言った。

「助さんは、どんな病に罹《かか》ったのかの」

茂兵衛が、訝《いぶか》しげに訊く。

「なに、悪いものを食って当たったのだ。おい、おぬし、昨日なにを食った。普段、あまり食わぬ上等なものでも食ったのか」

暁安の問いに、

「ううむ……ちょいと精をつけようと、すっぽんを食った。うなぎもだ。それに、猪鍋《しし》も牡蠣《かき》も食した」

あちこち食べ歩いたのだそうである。

「そのうちのなにかに当たったのだな。もっとも怪しいのは牡蠣だが、猪肉もよく火を通さぬと危ないぞ」

「そ、そうなのか。旨《うま》かったので、半分なまで食ったような……」

「なにをしておるのだ。おおかた、佐伯主水が、髪結や湯屋へ行かせるための金を渡したのだろう。それをいい気になって食い物につぎこんだのか」

「……」

どうやら、茂兵衛の言葉は図星だったようである。

「おまけに酒もたくさん呑んでおるようだぞ。ただでさえ酒で弱った胃の腑に、悪いものが入ったら余計に危ない」

暁安は鼻をくんくんさせた。

そういえば、酒臭くもある。

前日の夜は、助左衛門はひとりで夕餉をとりに行くと外に出た。俊作は、たまに助左衛門が羽根を伸ばしに行くので妙には思わなかった。

試合の前の緊張をほぐすためもあるのだろうと推《お》し量ってもいた。

「おい、助さんよ。こんな状態では、今日の試合はできまい。延期してほしいと頼んで来よう」

立ち上がる茂兵衛に、

「す、すまぬな、爺さん」

助左衛門は、普段、俊作が聞いたこともない、かぼそい声を出した。

「滝沢、おぬしにも済まんことをした。ひとりで食べまくらず、おぬしにもお裾分けをするべきであった。意地汚い己に愛想が尽きるわ」

「はあ、でも、お裾分けをいただくと、私も腹を壊すことに……？」

「ははは……まあ、おぬしは半分なまの猪を食うことはないだろうがな」

助左衛門は、力なく笑うと、

「こうなったら、是が非でも勝負に勝って仕官し、おぬしにもいい目を見させてくれようぞ」

勝負に対する闘志を、弱々しくもみなぎらせていた。

だが、勝負は延期されなかったのである。

三

「佐伯主水が、石見守に事情を話し、石見守から、すぐに能登守に書状を認《したた》めて延期を願った。それは受け入れられたのだが、ただな……」

茂兵衛は、言葉を切ると、助左衛門と俊作を交互に見て、

「勝負は延期されたが、明日になっただけだ。腹を壊すような柔な家来ではなく、ほかに骨のある剣客がいないのかと、能登守は挑発してきおった。それにまんまと石見守は乗せられ、明日までに、ほかの剣客を用意しろと佐伯主水に命じたそうだ」

寝たままの助左衛門と、看病をしている俊作が、顔を見合わせた。

「なんとか、石見守に思いなおしていただき、せめて五日……いや、七日は猶予をもらえぬものでしょうか」

俊作の言葉に、

「それが、石見守は一度言ったら頑として受けつけぬところがある。用人の佐伯主水の苦労がしのばれる」

茂兵衛は、苦り切った顔で応えた。

「仕方ない。日頃食べつけぬものをむさぼり食った俺が悪い。爺さん、俺の代わりに、滝沢はどうだ」

助左衛門は、横になったまま、淡々と言った。

「わ、私ですか！」

戸惑う俊作に、

「わしもそう思っておったのだ。なにせ、わしの教え子たちは、みな氏素性のしっかりしておる者ばかりなのでな。そうでない者は、江戸にはおらぬ。ここは、ひとつ滝沢さんに一肌脱いでもらうしかない。お願いできないものかの」

茂兵衛が、居住まいを正すと、ゆっくりと辞儀をした。

「そ、そんな、頭をお上げください。私が……御前試合にですか……」

「なに、御前試合といっても、へっぽこ奉行二人の前でだ。相手を倒して、仕官すればよいではないか。元の藩に戻る術《すべ》などないのだろ?」

助左衛門の言葉は、ある意味もっともだと、俊作も思う。

猪田藩の者が刺客となって俊作を襲っているのだ。元に戻れるはずがない。

俊作を襲う者が、万が一、藩主の嫡子鷹丸に災いをもたらそうとする一派の者ならば、鷹丸の元に馳せ参じて、命を投げ出すつもりであった。

だが、そのような不穏な動きが藩にあるのかどうかも分からず、襲われる理由も皆目分からないのでは、動きようがないのである。

それでも、いつか自分の出番がくるような気がして仕方がないのも、たしかなことだった。

俊作は、頭を下げたままの茂兵衛と、横になったままの助左衛門を見て、

「分かりました。私が出ましょう。ですが、もし勝っても、私は仕官はしません。まだ、猪田藩が私を必要としているかもしれないからです。いや、藩がというよりも、若殿鷹丸ぎみが……」

決意をこめて言った。

勝負することを決めたときに、いままでぼんやりと頭にあったことがはっきりしたのである。

「頼んだぞ。相手をやっつけてくれ。そのときにな、石見守に、実は私よりも強い男がおります。それが、いま腹を壊して寝こんでいる荒垣助左衛門という者で

すと伝えておいてくれ」

「助さん、なにを勝手なことを言っておるのだ。まあ、そんなちゃっかりしたことを頼むようなら、早く回復するだろうて」

茂兵衛が笑い、つられて俊作も笑った。

助左衛門はというと、腹にまだ力が入らないのか、えへえへと情けない笑い声を立てている。


翌朝は、見事な朝焼けだった。

俊作は、いつものように早朝の稽古をひとりでするると、長屋へ戻った。

大工の女房のおはるが、助左衛門の食あたりを知り、助左衛門のための朝餉の粥と、俊作のためには、納豆と青菜の味噌汁の朝餉を用意してくれていた。

朝餉のあとは、ゆっくりと横になり、ときがくると、

「では、行ってまいります」

助左衛門に挨拶をした。

「決して無理をするでないぞ」

日ごろの助左衛門らしくない言葉が返ってきた。それに自分で気づいたのか、

「まあ、楽しんでまいれ」

言いなおした。

「稽古のつもりで打ち合ってきますよ」

俊作は笑って応え、勝負の場である石見守の上屋敷へと向かった。

俊作は、助左衛門に軽口をたたいたが、相当の強さだろうと思われる相手に、恐れを感じずにはいられなかった。

（無様な負け方だけは避けたいものだ……）

とにかく力を尽くして立ち合うしかないと、改めて気を引き締める。

石見守の上屋敷は、両国橋を渡り、西広小路の雑踏を横目に、川岸を南へ下った先にある。

勝負の場所をどちらの屋敷にするかは、双六《すごろく》で決められたのだと茂兵衛が言っていた。石見守が勝ち、自分の上屋敷を勝負の場にしたのである。

上屋敷に着くと、茂兵衛の名前を出し、用人の佐伯主水に目通りを願った。

座敷へ通されると、女中が衣服を持って入ってきた。

手合わせをするのだから、それなりの袴と小袖であるが、浪人の俊作が身につけているものとは、やはり違って真新しい。

（着古したものに比べて固いな。動きにくいが仕方あるまい）

俊作は、用意された衣服に着替えた。

しばらくすると、用人の佐伯主水が座敷に入ってきた。

「この前は世話になった。今日もお頼み申す」

頭を下げると、

「刻限になったら、小者を知らせによこすので、出てまいられたい。そこもとを信じておるゆえ、必ず勝っていただきたい」

「はあ……ですが、相手がいることですから。私のほうが弱かったら、負けると思いますが」

「いや、それでは困る。これは石見守さまの面子《メンツ》がかかっておるゆえ、絶対に負けてはならぬのだ」

佐伯主水は、細い目をぐっと俊作に近づけ、にらみつけると、太い眉毛をぴくぴくさせて有無を言わせぬ調子である。

「そう仰《おつしや》られても……」

「いいな。勝つのだ。勝つのが難しければ、相討ちでもよい。引き分けでもよいが、負けるなどということは絶対に避けるのだ。いいな、それにはどんな卑怯《ひきよう》なことでも、あくどいことでもやってよいぞ」

もう一度、俊作をにらみつけて言うと、主水は去って行った。

（なんとも身勝手な物言いだ）

唖然《あぜん》とした俊作は、天井を見上げた。すると、隅で小さな蜘蛛《くも》が巣を張っているのが目に入る。

（旗本の上屋敷にも蜘蛛がいるのか……）

俊作は、蜘蛛の巣が巨大になり、一瞬で糸に絡みとられ、身動きができなくなる幻影をかいま見た。


小者が、刻限だと告げにきたので、俊作は無腰で座敷をあとにした。

小者についていくと、上屋敷の庭に出た。

長い縁側で、少し離れた位置に、二人の武士が座っている。

庭に立った俊作に、縁側のすぐ横で控えていた佐伯主水が、歩み寄ってくると木刀を渡した。

同じように、俊作の向こう側にも、ひとりの武士が立っており、木刀を手渡されている。

佐伯主水が控えていた横の縁側に座っているのが、織部石見守だろうと俊作は思った。

向こう側に座っているのが、沢渡能登守に違いない。

二人をちらりと見た俊作は、これから闘おうという相手に目を移した。八の字眉に垂れた細い目をしており、いつも笑っているような顔である。

(おやっ……)

俊作は、相手に見覚えがあった。

向こうも俊作を見て、驚いた表情だ。

(蕪木《かぶらぎ》陣内《じんない》どの……)

つい、七日ほど前の出来事が、鮮やかに脳裏によみがえった。

七日前の昼過ぎ、俊作は、万《よろず》請け負いを生業《なりわい》にしている助左衛門に助っ人を頼まれ、両国西広小路近くの米沢町で、家出猫を探しまわっていた。

助左衛門は、途中まで一緒に探していたが、商家の娘の用心棒に行かねばならぬというので、あとは俊作ひとりだった。

なんでも、娘に悪い虫がつきそうなので、商家の主人がやきもきしているらしいのである。

俊作が探している猫は、西広小路の芝居小屋で、水芸をしている女芸人に飼われていたのだが、急にいなくなった。

でっぷりと太った虎斑《とらふ》の猫、いわゆる虎猫で、首に大きな赤い鈴をつけているという。

よく、米沢町に入りこんで、ほかの野良猫たちと一緒に、町の住人に餌をもらっていると聞いたことがあるのだと、女芸人は言った。

ずっと米沢町の路地から路地へ、猫の姿を求めて歩きまわっていたが、野良猫はちらほらいるのだが、くだんの猫の姿は見当たらなかった。

いい加減、くたびれてきたころ、ふと路地の溝の脇に寝そべっている猫が、でっぷりと太った虎猫であることに気がついた。

さりげなく近づいていくと、首に大きな赤い鈴がついているのに気がついた。

（この猫だ。ええと、名前は、トラと言ったか）

さらに近づくと、トラは俊作を見上げた。目が合うと、トラは立ち上がり、すっと歩き出す。

俊作が捕まえようとしているのを敏感に察したかのようである。

「おい、トラ、待て」

声をかけて近寄ると、トラはぴゅーっと路地を駆け抜けて行く。

「待て、こら、待てったら待て」

トラは、目の前の角を曲がって行く。

俊作が、角を曲がったときには、トラの姿は見えなくなっていた。

(すばしっこいやつだ。ああいうのをどうやって捕まえればよいのだ)

俊作は、鞘ごと脇差でも投げて、トラの気を失わせることを考えたが、猫のような小さい生き物を気絶させて、はたして無事かどうか心もとない。

(そんなことをして殺してしまったら大変だ。ほかの方法を算段せねば)

また、トラの姿を探しながら路地から路地をうろつき始めた。

しばらく探しまわっていると、

「きゃーっ」

絹を裂くような悲鳴というのは、かくもあろうかという声が響いた。耳にきんきんとして、不快でもあり禍々《まがまが》しくもある。

声のしたほうへ、俊作は駆けた。

すると、路地から、十七、八の女が転がるように出てきた。

ついで、包丁を持った若い町人が、大股で追いかけてくる。

「待ちやがれ」

男が女に手をかけようとしたとき、長屋の腰高障子を開けて、ひとりの武士が出てきた。瞬時に手で包丁をたたき落とす。

「な、なにしやがる」

食ってかかろうとする男の腹に、武士の拳が入り、男はくたくたと膝を折り、ついで前のめりに倒れこんだ。

しきりに礼を言う女に、武士は、早く行きなさいと言い、男をひょいとかつぐと歩き出した。

この武士は、八の字の眉毛をして、細い目は垂れて、つねに笑っているような顔であった。

角を曲がって去って行く男のうしろ姿を見ながら、

(鮮やかな手さばきだったな……)

俊作は感心していた。

腰高障子を開けた途端に、包丁をたたき落としたのだが、まるで長屋の中から狙いをつけていたとしか思えないような手際のよさだったのである。

四

トラを探しまわっていて、いつしか表通りに出てしまった。

表通りにも、野良猫はひょこひょこ歩いており、魚屋の売り物をかすめ取る隙をうかがっていたりする。

だが、トラの姿はなく、途方に暮れていると、

「拙者《せっしゃ》は剣の腕には自信がある。用心棒の口は、ぜひとも拙者にまわしてくださらぬものか」

用心棒という言葉に、俊作は興味を惹《ひ》かれた。

立ち止まると、そこは口入れ屋の前だった。

店の中を見ると、狭い間口の中に、さきほど見た武士のうしろ姿があった。

「そうはまいりません。お武家さまの見てくれが、強そうではないのですよ」

「剣の腕前は、見てくれでは分からぬ」

「そうは仰いますが、一見して震え上がるようなお方であれば、悪さをしようとする者も寄っては来ぬでしょう。そうした方を必要とされているのです」

「そこをなんとかならぬものか」

武士は食い下がっているが、口入れ屋は駄目の一点張りのようである。

俊作は、同じ浪人のよしみもあり、さきほど鮮やかな手さばきを見たこともあって、口入れ屋に入ると、

「横から差し出がましいかもしれませんが、私は、このお方の腕前を、ついさきほど目の当たりにして、感服つかまつった次第。仕事をまわしてみて損はないと思うのですが」

いきなり、話しだしたので、口入れ屋の主人も、武士も面食らった顔になる。

「あ、いや失礼。いま話を聞いていて、黙っておれなくなったのです。私は、信州浪人、滝沢俊作という者です。用心棒をしたこともあるが、このお方なら、立派につとまること、私が請け合いましょう」

「かたじけない」

武士は、頭を下げたが、

「あなたさまが請け合われても……このたびのご依頼は、見るからに強そうなお人ということで、実際には強くなくてもかまわないということなのでして」

聞けば、用心棒は、西広小路の楊弓場《ようきゅうば》が必要としており、わがままな客に睨《にら》みを利かせる役だという。

実際に暴れる客を静めたり、追い返したりするのは、店の若い者で充分なのだという。

用心棒は、そうなる前の脅しのようなもので、魔除け厄《やく》除けの置物のようなものだそうだ。

「では、なにかほかの仕事はないのか。人足でもよいのだがな」

「あいにく、いまはなにもないのですよ。しばらくしたらまたお出《い》でください。そのときには、なにか口があるかもしれませんので」

武士と俊作は、口入れ屋を出ざるを得なかった。

「滝沢どのと申されたな。名乗るのが遅れて申し訳ない。拙者は、武州《ぶしゅう》浪人、蕪木陣内と申す」

俊作と蕪木陣内は、申し合わせたわけではないが、ぶらぶらと連れ立って歩きだした。

歩きながらの話によると、陣内の妻は病で臥《ふ》せっており、その薬代が欲しくて割りのよい仕事を探しているのだという。

妻と住んでいる長屋は、さきほど出てきたところで、包丁を持った男と出くわしたので、咄嗟《とっさ》にたたき落としたのだという。

「いや、見事なお手前でした。私なら、いきなり目の前に現われたら、あれほど鮮やかにできたかどうか……」

男をやり過ごしてから、うしろから飛びかかるか、なにかを投げつけるかしかできないだろうと俊作は思ったのである。

「あれは、悲鳴がその前に聴こえておりましたから。悲鳴の主の女が長屋の前を通り過ぎたので、障子を開けたときに、追ってくる者が現われるだろうと踏んだのです。それに、いつもの痴話喧嘩だろうと分かっておりましたから。あの夫婦は、いつもああなのです」

陣内は、照れくさそうに頭をかく。

率直な陣内の人柄に、俊作は好意を持った。

「ところで、ご新造の薬代ですが、どうやって工面なさるおつもりですか」

「それが、さきほどなにも仕事をもらえなかったものでして……」

なにも手だてがないようである。

「差し出がましいようですが、ぜひ私に用立てさせてください。私には、蓄えがありますし、少し前にひょんなことで金が入りまして。返していただくのはいつでもよいのです」

「い、いや、そのような好意に甘えるわけには……しかも、いま会ったばかりなのですしな」

陣内は、金を借りるわけにはいかないと、かたくなに拒んだ。

初対面で、見ず知らずも同然なのである。

(拒まれるのも分かるが……)

一度、思ったことなので、俊作も、ぜひとも金を貸してやりたく思った。

そのときである。

二人が入ろうとしていた路地に、でっぷり太った虎猫がいた。

「あ……」

俊作は、気づいて立ち止まった。

「如何《いかが》なされた」

「それが……あそこに猫がおるでしょう。あの猫を探して捕まえてきてくれと頼まれているのです。首に赤い鈴がついているのが目印で、名前はトラというのですが、私が近づくと逃げてしまうのです」

「なるほど……ひとつ拙者にまかせていただけませんか」

「というと」

「猫には慣れておるのです。滝沢どのは、ここを動かぬように」

「は、はあ」

俊作の返事を聞くと、陣内は、すたすたと猫に向かって歩きだした。

「トラ、トラ」

声をかけながら、トラに近づくと、腰をかがめた。

手を上に向けて差し出しているが、トラは警戒しているのか、じっと陣内を見て身動きしない。

だが、しばらくすると、トラは立ち上がり、陣内の方に歩いて行く。

「おお、可愛いのう、トラ」

陣内が、トラの喉に手をやり、撫《な》で始めた。

ニャーンという声を上げ、陣内のされるがままになっている。

しばらくして、陣内がトラを抱き上げると、トラは陣内の腕の中で、気持ち良さそうに目を細めた。

トラを撫でながら、陣内は俊作の元へと戻ってきた。

「拙者がトラを抱いておりますから、飼い主のところまで連れて行ってくださらぬか」

陣内の申し出は、渡りに船である。

俊作の腕に移った瞬間に、トラが逃げ出すことは自明の理だろう。

「どうして、蕪木どのだと、この猫は逃げないのでしょう」

俊作は、首をかしげて訊いた。

「ああ、それは、拙者の体に猫の匂いがしみついているからでしょう。実は、猫を飼っておるのです」

「はあ、なるほど。親しみを感じ、警戒しないというわけですな」

「それに、飼っている猫は雌です。トラは雄ですからな」

陣内は、トラを撫でながら微笑《ほほえ》んだ。

西広小路の芝居小屋はすぐ近くである。

俊作は、陣内を案内して見世物小屋へ行くと、水芸の女芸人を呼び出してもらった。

「トラちゃん、ああ、よかった。無事なのね」

トラに頰ずりして喜んだ女芸人は、俊作に、約束以上の金を払ってくれた。

「差し出がましいことを言うようだが、猫が可愛いからといって、いじくりまわしすぎたり、きつすぎる頰ずりは、猫にとっては迷惑だから、気をつけたほうがよいぞ。また逃げ出してしまうかもしれぬからな」

　陣内の助言に、女芸人は殊勝にうなずき、感謝していた。

「私ひとりでは、トラを捕まえてここに連れてくるのは無理だったでしょう。この金は、蕪木どののものです」

　俊作が全額渡そうとするのを、陣内は断わり、押し問答の末、

「では、ご好意に甘えて、この金、お借りいたします」

　押しいただくようにして金を受け取ると、これで薬が買えると喜び、目にうっすらと涙を溜めたのであった。


　あれから会ってはいないが、双方ともによく覚えている。

　陣内は、木刀を持って立ちながら、俊作にだけ分かるように黙礼した。

　俊作も黙礼を返す。

（皮肉なものだなあ……蕪木どのと、こうして手合わせするとはな）

　だが、それは剣士としての血が騒ぐことでもあった。

　長屋を出た瞬間に、包丁を持った手をたたいたこともさることながら、陣内のたたずまいには、尋常ならざる剣客の風情が漂っているのである。

（負けるかもしれぬ）

俊作は、陣内の剣技が自分を上まわるのではと思った。

だが、負ける恐れよりも、負けても悔いのない試合ができることの喜びのほうが大きい。

「双方、前へ」

佐伯主水の声がした。

木刀を持って、陣内と対峙する。

「いざ、勝負をいたせ」

今度は、陣内のうしろにいる武士が言った。

年格好は主水と同じくらいの老人である。おそらく、沢渡能登守の用人なのであろう。

俊作と陣内は、礼をすると、木刀を中段に構えた。

木刀の切っ先は触れ合う寸前でピタッと止まった。

俊作が、左に足を摺り出す。陣内は、それに応じて、右へ動く。

「たあーっ」

俊作が振りかぶった木刀を、陣内に打ちおろした。

「いえい」

陣内の木刀が、俊作の木刀をはじき、ふたりの体が入れ代わった。

(やはり、蕪木どのは、相当にできる)

俊作の剣士としての心が喜んでいる。

しばし対峙し、また動きを起こそうとしたときである。

「待った、待った」

声をかけた者がいた。それは、沢渡能登守であった。

「のう、この勝負、なかなか見応えがありそうだ。どうだ、真剣で闘わせてみてはどうだ。さらに興が乗ること請け合いだと思うがの」

織部石見守に向かって言った。

「真剣か……それはよいな。よし、二人に刀を持たせよ」

俊作は、真剣と聞いて戸惑った。

(この二人の奉行は、頭がおかしいのではないか)

陣内はと見ると……。

八の字眉の表情は笑っているかに見えるが、その目は、強張《こわば》っているように見受けられた。

家臣の持ってきた二振りの刀を、それぞれ受け取って腰に差すと、再び対峙し礼をする。

五

刀を抜き、双方中段に構えた。

木刀で対峙したときと違い、真剣での立ち合いは、一段と凜冽《りんれつ》の気を感じさせ、見ている者の身を震わせた。

俊作と陣内は、微動だにせずに対峙している。

先に動いたのは陣内だった。

中段の構えから、俊作の小手を狙って、

「やっ！」

鋭く刀を振るった。

ひゅん！

陣内の刀は、空を斬り、俊作は身を躱《かわ》しざま、刀を振りかぶり、

「むん！」

陣内に振りおろす。

ギン！

陣内の返す刀が、俊作の刀をはじき、明るい陽差しの中でも、火花が散ったように見えた。

飛びすさり、二人は対峙し直す。

(むう、強い。これでは、ほんの少しの差で勝敗が決まる。だが、それは一歩間違えると、死を招くかもしれぬぞ)

俊作は、陣内と力が拮抗しているのを感じた。

余裕を持って、わざと相手を殺さぬように勝つことなどできない。逆に、すれすれのところで、相手に勝ちを譲るなどという芸当も至難の技だ。

力いっぱい闘って、勝敗と生死は、なりゆきにまかせるしかないのか……。

だが、このような場での試合で、生死をかけることが、俊作には莫迦莫迦しく思えてならない。

「やっやっやっ」

俊作は、摺り足で、前後に動きながら声を出した。

陣内は、訝しげな顔になる。道場での稽古のようだからである。

じっと陣内の顔を見て、俊作はかすかにうなずいた。

示し合わせたいという合図だが、上手く伝わったかどうかは分からない。

「たあっ」

俊作が、上段に振りかぶり打ちこむと、
ガキッ！

鈍い音を出して、陣内の刀が受け止めた。

ギリッ……。

そのまま、ふたりは刀を交えたまま押し合った。

「蕪木どの……」

俊作は、陣内だけに聴こえる小声で、唇を動かさずに囁《ささや》いた。

「……うむ」

かすかに陣内はうなずくと、渾身《こんしん》の力で刀を押し戻す。

ぱっと離れたふたりは、また中段の構えで対峙し合った。

じりっじりっと、二人は間合いを詰めて行く。

陣内は、ゆっくりと斜め下方に刀をおろした。

行き詰まるような数瞬が流れ、二人の奉行も固唾《かたず》を飲んで見ていた。

「うりゃあ！」

俊作がまた振りかぶった刀を打ちおろした。

陣内は、斜め下から刀を撥《は》ね上げて、俊作の刀をはじいた。

ガキッ!

俊作の刀は、陣内にはじかれたはずみで、俊作の手から離れて飛んだ。

素速い弧を描くと、刀は能登守の座っている近くの縁側に、
ドン!

と、音を立てて突き刺さった。

だが、それだけではなかった。

陣内も、俊作の刀をはじいた勢いが余って、そのまま手から刀がすっぽ抜けてしまったのである。

一直線に飛んだ刀は、石見守の頭上、縁側の天井に、ぐさりと刺さった。ぐらぐらっとしたが、刺さったまま落ちてはこない。

「あわわ」

「ひいい」

能登守と石見守は、泡をくって悲鳴を上げ、腰を抜かしてしまった。

俊作は座敷に戻された。陣内も、同様にほかの座敷にいるのだろう。

しばらくすると、用人の佐伯主水が現われた。

「あれは、わざとしたことではないのか」

主水は、俊作を睨《ね》めつけて詰め寄った。

「真剣を使っての手合わせです。わざと刀を飛ばすなど、できるわけもありません。私は、相手の力に負けて刀を飛ばされました。情けないことですが、本当のことです」

「……」

主水は、俊作をにらんでいたが、目をそらして、

「此度《こたび》の手合わせのことは、初めからなかったことにしてもらおう」

言いつつ、懐から料紙に包んだものを取りだし、俊作の前に置くと、

「約束の五両だけは出そう。わざとではないにしても非礼な振る舞い、手打ちにしてもおかしくはなかったのだ。此度のこと、ぜったいに漏らすでないぞ」

主水は、暗に、奉行の無様な姿を話すなと言っている。

「もちろん、話しはしませんが、手打ちにしても……というのは、ちと合点がいきません。私たちは真剣の勝負をしました。抜き身の刀である以上、ご覧になっ

ている方々も、その抜き身の刀にさらされる覚悟が要ります。さきほどのように、刀が手から離れることもありましょうし、折れて刃が飛ぶこともあり得ます。それを無様なことと言うのはもっともですが、非礼というのは、的外れではないでしょうか。そちらこそ、無礼なものの言いようだと思うのですが」

俊作に訥々《とつとつ》と決めつけられ、主水の顔は赤くなった。

「ふん、それもわざとでなければだがな……」

言い捨てると、つと立ち上がって、座敷から出て行った。

(これで終わりということか……しかし、嘘も方便というが、われながら嘘が上手くなったものだなあ)

それも、田舎侍が江戸に慣れたせいかと思うと、俊作は少し寂しかった。

懐に料紙に包まれた金をしまうと、俊作は立ち上がり、座敷をあとにした。

上屋敷から出ると、すぐに昌平店に向かったのである。

俊作は、昌平店へ戻ると、助左衛門を訪ねた。

助左衛門は寝たままだが、血色はよくなっている。

その横で、茂兵衛が煙管を吸っていた。

俊作の顔を見ると、助左衛門は開口一番、

「おう、仕官は出来たか」

と、訊いた。

「いえ、下手をすると無礼打ちに遭《あ》うところでした」

「無礼打ち？　なんだそれは」

助左衛門は、起き上がると、胡座《あぐら》を組んだ。

茂兵衛は火鉢に煙管の灰を落とすと、

「おおかた石見守になにかしたのだろ。それで主水が怒ったのだな」

にやりと笑った。

「桑原どのには申しわけないことをしました。顔を立てなければならないところを、逆に潰してしまったようです」

前置きをしつつ、俊作は、ことの次第を語った。

語り終えると、

「こりゃ、愉快だわい」

茂兵衛は、顔を潰されたことには頓着《とんちやく》せず、手を打って喜んでいる。

助左衛門はというと、

「思い切ったことをしたな。万一、刀が奉行に刺さったら、無事では済まぬぞ」

伸びだしている顎鬚《あごひげ》を触って、呆れた顔をしている。

「で、あんたは、刀を縁側の人のいないところへ、はじいてくれと、蕪木とかいう男に頼んだのだったな」

茂兵衛の問いに、

「真剣の勝負をさせて、己は危ないこともなく見物していることに怒りを感じたのです。で、少しは怖い思いをさせてやろうと思いまして。まあ、私が仕官している先ではなかったから、できたのですが」

俊作はうなずく。

「そうであれば、蕪木の勝ちになるが、その刀もすっぽ抜けてしまっては、勝敗はつかぬことになるな。蕪木のとんだ失態なのか、あるいは……」

助左衛門の言葉を受けて、

「私は、蕪木どのが、わざと手から刀を放したように思います。ですが、病に臥せっている妻女がいるのに、なぜ仕官の道を閉ざすようなことをしたのかが分からぬのです」

「おおかた、あんたの気持ちに、我が意を得たりと思ったのだよ。あんたは奉行の酔狂さに嫌気が差したと言っておったな。その男も同じように思ったに違いあるまい。それに、勝ちを譲られることを潔《いさぎよ》しとしなかったのやもな」

「しかし、せっかくの仕官の機会を、みすみす逃すとは、それこそ、酔狂というものではないのか」

助左衛門には、納得できないらしい。

「昼餉を済ませてから、蕪木どののところへ行ってみようと思います。私は無事に帰ることができましたが、蕪木どのはどうだったか……」

助左衛門に粥を作ろうとすると、

「いやいや、飯はわしが作るぞ。あんたは、外で食べて、蕪木という男のところへ行けばよい」

俊作は、茂兵衛の好意に甘えることにした。

六

陣内の安否は、すぐに知れた。

一膳飯屋で腹を満たそうと、目指す店へ歩いていたところ、向こうから、当の蕪木陣内が歩いてくるのに出くわしたのである。

「この前、お借りした金子《きんす》を返しにまいりました」

俊作は、昌平店の場所を教えていたのであった。

陣内も昼餉がまだだというので、一膳飯屋は止めにして、二ツ目之橋の近くにある料理屋へ入ることにした。

軽く酒を酌み交わすことにしたのである。

「いやあ、お互いに無事でよかったです」

俊作が言うと、

「滝沢どのの身を案じておったのです。拙者が頼まれたのは、能登守の用人からなのですが、人のよい老人で、あれで能登守も懲《こ》りたろうと苦笑いしていただけなのですが、石見守の用人は、厳格で知られているようなので」

「それは知りませんでした。私も、蕪木どのは大丈夫かと思っていたのですが、まったくの杞憂《きゆう》でしたね」

俊作は、小鬢《こびん》をかいて笑うと、

「気になっているのですが、刀がすっぽ抜けたのは、わざとですよね」

陣内に、訊いた。

「ああ、そうです。奉行たちの頭上に突き刺さるように、放り投げたのです。石見守の真上に飛んだのは、目論見《もくろみ》どおりではありませんでしたが、なかなかうまくいきましたな」

「ですが、そのようなことをしなければ、勝ったことになり、仕官が叶ったのではないですか。ご新造の病もありますでしょうし……」

「それは残念ですが、妻の病は、薬でだいぶよくなりました。滝沢どのに、金子を用立てていただいたおかげです」

忘れぬうちにと、陣内は金を俊作に渡そうとする。

「いや、この前も申したとおり、猫のトラは私ひとりでは、到底連れていけませんでした」

またも押し問答の末、けっきょく半々に分けることにした。

「仕官はしたいものですが、浪々の身というのも気楽でよいですな。金のないのが悩みですが、幸い、近くに町道場を譲りたいという師範がおるので、此度のことで稼いだ金を元手に、道場をやろうかと思っています」

道場を買い取る金には不十分だが、あとの金は、道場をやりながら返していくのだという。

「それはいいですね。うらやましいかぎりです」

「道場が上手くいき、弟子も増えたら、滝沢どのも師範をしてはくれませぬか。ひとりでは心細いですゆえ」

世辞かと思ったが、八の字眉毛の下の細い目は、真剣であった。

「はあ、そうなったら、ぜひぉ願い申します」

俊作は、素直に頭を下げた。


ひとしきり食べて呑んで、料理屋を出たのは、昼下がりであった。

陣内と別れると、俊作は、昌平店へ向かって、ぶらぶらと歩きだした。

竪川沿いに歩いていると、前を歩いている娘に目が吸いつけられた。

うしろ姿に、どことなく親しみを感じたのである。

(はて……知っているおなごかな)

武家の娘のようである。武家の娘といえば、猪田藩ゆかりの者か……。

すると、ひとりの娘の顔が、俊作の頭に浮かんだ。

(世津どの……)

奥方つきの女中である世津とは、どこか心が通じ合っていると感じていた。

胸がどきどきと鳴り始め、

（なんだ、この胸の高鳴りは……）

うろたえてしまう。

しかも、いくらぶらぶらと歩いているとはいえ、娘の歩きと、俊作の歩きでは、差がありすぎて、どんどん近づいている。

このままでは、手を伸ばせば、届いてしまいそうになり、俊作はいったん、立ち止まった。

そのとき……。

なにを思ったのか、娘も立ち止まり、うしろを振り返ったのである。

娘と目が合った。

黒目がちな目だ。頬がふっくらとし、鼻が少し上向き加減で、それがまた可愛らしい。

「滝沢さま」

娘は、にっこりと微笑んだ。

それは、紛《まご》うことなき、猪田藩の奥方つき女中の世津であった。

「世津どの……いったい、なぜここに？」

驚くとともに、俊作は戸惑った。

藩に住む娘たちは、決まったときにしか外に出ることはない。

しかも、たった一人で歩いているなどとは、思いもつかぬことであった。

「滝沢さまを訪ねてまいりました」

「わ、私を……ですか」

戸惑いは、さらにひどくなる。

「ええ。実は……」

世津は、あたりをはばかるような素振りをした。

「私の長屋へ行きましょうか……いや、それより、料理茶屋のほうがよいでしょうな……」

俊作は、汚い裏長屋へ世津を通すことにためらいがあった。

しかも、薄い壁一枚なので、よほど小声で話さねば、助左衛門に筒抜けだ。若い娘との会話に、助左衛門が聞き耳を立てないはずがない。

料理茶屋に向かいながら、俊作は、世津と会えた喜びを感じていたが、なにか得体の知れない胸騒ぎもしていたのである。

第五章　小侍の仇討ち

一

料理茶屋では、奥まった座敷が空いていたので、世津とそこへ入った。

酒と料理が運ばれてくるまでは、世津は訪ねてきた用向きを話したくないようなので、俊作は気になったことを訊《き》いた。

「なぜ、私の住処《すみか》が分かったのですか」

「この界隈《かいわい》で、滝沢さまを見かけたという、藩出入りの商人がおりまして、その人にお願いして、内緒でお住まいを調べてもらったのです。私のほかは、その商人しか、お住まいを知りません」

商人に災いがあるといけないので、名前は言えないという。

（どうにも剣呑《けんのん》だな。世津どのも大丈夫なのだろうか……）

俊作は世津を案じたが、いまのところは、ほかの話題にしようと思う。

「鷹丸ぎみは、お元気ですか」

「ええ。滝沢さまがいなくなって、寂しがっておいでですが、だからといってふさぎ込むことはなく、ほかの近習《きんじゅう》や藩士を相手に、剣術などに明け暮れていらっしゃいます」

「それはよかった……藩では、私のことはなんと言っておるのでしょう。私が、佐倉金之助を斬ったことの疑いは晴れておりますか」

「滝沢さまのことには、みな触れないようにしているので、どう思っているのかまでは……ですが、藩では、佐倉さまを斬った者を探してもいないようなので、みな心のうちでは、滝沢さまを疑っているのかもしれません」

「そうですか……世津どの、私は佐倉を斬っておりません。どうか、私を信じてください」

「私は、滝沢さまを信じております。お優しい滝沢さまが、間違っても同僚を斬るなどということは、思ってもおりません」

それを聞いて、俊作は心の底が温かくなる気がした。

しかし、すぐに俊作は、猪田藩の目付、古田藤次郎の腕を斬り落したことを思い出した。

古田は自裁したのであって、俊作が殺したわけではない。そうではあっても、世津が知ったらどう思うのだろう。

顔に暗い影が差したのかもしれない。

「無理に脱藩させられたことは存じております。さぞ、お辛いことでしょう」

世津は、徳利を取ると、俊作に酌をしようとする。

俊作は、世津に酌をされることは初めてで、どきまぎした。

「これは、かたじけない」

俊作は、猪口《ちょこ》を持ち、世津の酌を受ける。

ひと口に呑み干すと、もう一献と、世津が注いでくれた。

「いや、世津どのに酌をしていただくことになるとは、思ってもいなかったことです……はは」

「お強いのですね。もう一献」

さらに、また一杯注がれる。

なにか、浮ついているような気分に、俊作はなっていた。

（これはいけない。おなごと差しで呑むこと自体、初めてではないか。だから、こんなに舞い上がっているのかな……）

杯を返すことなども忘れて、ただ呑んでいた。

仕舞いに、頭が朦朧《もうろう》としてくる。

目は、霞んで、眠くなってきた。

眠気を振り払うように、頭をぶるぶる振ると、

「いや、もう酒は止めましょう。それより、世津どのの話だが、どのようなことですかなあ」

俊作は、世津に訊いた。

「実は、私には、隠していることがあるのです」

「か……隠している……ほかのお女中は、知らぬのです……か」

「はい。藩邸の中の、誰も知りません」

「……そ……それは……どのような……」

意識が混濁してきた。

深い奈落に落ちこんで行きそうな感覚が襲う。

俊作は、懸命に意識を保とうとした。

なにも言わず、世津が立ち上がった。

座敷から出て行く世津の背中に向かって、

「せ、世津どの……どこへ」

俊作の声が聴こえているはずだが、世津の応えはない。

襖を開けると、出て行ってしまった。

気を張っていないと、眠ってしまいそうだ。

(眠ってもよいではないか。ほんのしばしのあいだだ……)

だが、それではいけないと、もうひとりの自分が、意識の底から、必死に警告を発していた。

襖は、世津が出るときに閉まったが、また開いた。

目を凝《こ》らすが、ぼんやりと黒い影が入ってくるのが見えただけだ。

それは、世津ではない。それだけは、分かった。

そして、黒い影からは殺気が俊作に向けて放たれている。

俊作は、すぐ横に置いたはずの大刀に手をやるが、畳を手が這《は》っただけで、刀はそこになかった。

黒い影が襖を閉めた。殺気が強くなる。

必死に俊作は目を開けたり閉じたりするが、朦朧としたまま、一向に正気に戻ってくれない。

（このままではいけない……）

俊作は、腰の脇差を抜くと、切っ先を自分の太股に突きたてた。

鋭い痛みとともに、瞬時に視界が開けた。

いままさに、黒い影と見えた一人の武士が、振りかぶって斬りつけようとしているところだった。

俊作は、霞がいくぶん晴れた頭で、刀を避けきれぬこと、脇差ではじくことも受けることも、いまの体では無理だと悟った。

斬りつけてくる武士に向かって、俊作は真っ直ぐに飛びこんだ。

俊作が座敷の壁を背にしていたことが幸いした。

無意識に、後ろ足で壁を蹴ったので、思いのほか素速く動けたのである。

脇差が、武士の脹《ふく》ら脛《はぎ》を斬った感触があった。

「ぐっ！」

武士のうめき声をあとに、俊作は目の前の襖に突進した。

ダーンと襖が音を立てて倒れ、俊作は前に転げた。

「きゃーっ」

折しも、膳を運んでいた女中が、袴《はかま》を赤く染め、血塗《ちまみ》れの脇差を持っている俊作を見て、悲鳴を上げた。

突っ伏しながら、俊作の意識は遠のいていく。

(起き上がらなければ駄目だ。まだ刺客がうしろに……)

俊作は、必死に起き上がろうともがいたが、ついに力つき、目の前に黒い幕が下りていった。


俊作は、真っ暗な闇に塗りこめられた座敷にいた。

なにも見えないのだが、俊作には、そこが座敷だと分かっていた。

すると、目の前にぼうっと白いものが浮かんだ。

「世津どの……」

世津が、俊作を微笑《ほほえ》みながら見ている。しかし、とつぜん……。

にたにたした不気味な笑い顔になり、俊作に向かって迫ってくる。その手には、鋭く光る懐剣が握られていた。

「うわわっ」

俊作は、叫びながら目を覚ました。

はっとし、上体を起こすと、左の太股が激しく痛んだ。

「ようやく起きたか」

茂兵衛が俊作の顔を覗《のぞ》きこんだ。

いつのまにか、俊作は自分の長屋で臥《ふ》せっていた。

「まさか滝沢が美人局《つつもたせ》に遭《あ》うとはなあ……」

助左衛門が、苦笑いしている。

かなり食あたりから回復しているようだが、搔巻《かいまき》にくるまっている姿は、やはりまだ弱々しい。

「私は、助かったんですね。しかし、どうして……」

俊作を襲った刺客は、まだ座敷に刀を持って立っていたはずである。俊作を斬っておく余裕がなかったとは思えない。

「女中が言うには、あんたを襲った武士は、足から血を流していた。足をひきずったまま、座敷の障子を開けて、庭に出て逃げたそうだ」

茂兵衛の言葉で、俊作が脇差で相手の脹ら脛を斬ったことを思い出した。

そして、俊作のいた座敷は小さな庭に面しており、まだ寒いからと障子は閉めたままだったことも。

俊作を乗り越えて、料理茶屋の入り口から出るよりも、庭から塀を乗り越えたほうが逃げやすかったのに違いない。

「料理茶屋の者が自身番屋に駆けこみ、おぬしの手当てをしたのだが、知らせを受けて駆けつけた岡っ引きの伝五郎が、おぬしだと分かり、南町奉行所同心の坂崎甚之助に知らせたのちに、ここへ運びこんでくれたというわけだ」

助左衛門が言った。

俊作の大刀は、座敷の隅に押しやられていたそうだ。世津が俊作の手の届かないところに置いたのに違いない。

「どうやら、運もよかったようです」

俊作は、ふっと溜め息をつくと、さきほどの助左衛門の言葉を思い出す。

「荒垣どのは、美人局と仰《おつしや》ったが、それはどういうことなのですか」

「まだ分からぬのか。まずおぬしと妙齢の美しい武家のおなごが奥まった座敷に入ったあとに、強面《こわもて》の侍がやってきた。そして、おなごが座敷を出るときに、侍が代わりに入って行ったそうだ。おおかた、人の妻になにをするのかと、金を要求され、それを断わったので、斬りつけられた……そんなことだろうと、坂崎甚之助が言っておったぞ」

「坂崎どのが……」

「まあ、そうなのだが、もっとわけありではないかと、坂崎も感じているようだったがの」

「爺さん、本当かい。そんなことを言っておったのか」

「いや、言ってはおらぬ。だが、このことは、美人局ということにしておかないと、滝沢さんが困るのではないかと思ったのだろう。どうだ、滝沢さん」

「はあ……まあ、おおごとになれば、私の以前いた藩には、はなはだ都合が悪いことになるのかもしれません」

猪田藩に未練はないが、鷹丸のことが気になっていた。

「俺は、勘が悪いのか、そんな深読みは出来なかったなあ」

助左衛門が、まだまばらな顎鬚《あごひげ》をごしごしとこすりながら、顔をしかめた。

「坂崎は、わしの弟子だったからの。あやつがなにを考えているかくらいは、お茶の子さいさいというものだ」

「で、滝沢、本当にそうなのか。美人局でないのか」

「ええ、美人局というものではありません」

俊作は、世津が自分を殺すために一役買ったことが間違いないと痛感し、慄然《りつぜん》とした。

「傷のためか、殴られたかして気を失っているのだろうと、伝五郎は思ったそうだが、いつまで経っても目を覚まさぬし、鼾《いびき》もかきはじめたそうだ。どうやら、おなごに眠り薬を飲まされたようだな。どういう掛かり合いがあるのだ、そのおなごとは」

茂兵衛が興味深げに訊く。

「それが……」

答えてよいものかどうか俊作は迷った。

世津が酒の中に眠り薬を入れたとしか思えない。

俊作は、迷いを吹っ切り、世津が同じ猪田藩の奥女中であることや、相談したいことがあると言われたことなどを話した。

「ふうむ。それは、ずいぶんとややこしいことになっているようだのう」

茂兵衛は、腕を組んでうなった。

「しかし、奥女中ごときに薬を盛られるとはな。おぬし、杯か徳利に薬を入れられたのに気がつかなかったのか」

助左衛門の言葉に、

「いや、その……なにせ、どきまぎしておりましたから。あまり、世津どのの顔を見られずに、あっちを向いたりこっちを見たりと……」

「おぬし、かなり剣の腕が上がっておるが、おなごが絡むとからきし駄目になるのだな。気をつけねばいかぬぞ」

「はあ……」

俊作は、穴があったら入りたい気分になる。

世津への淡い想いは消えてはいない。それだけに、世津が俊作を殺す手伝いをしたことが、重く心にのしかかっていた。

「そのおなご、あんたに、毒を盛ることもできたわけだな。そのほうが手っとり早いのに、そうはせなんだ。なぜだろうな」

茂兵衛がつぶやく。

世津に毒を盛られたら、すでに俊作はこの世にはいないだろう。

そうはならなかったことと、世津がそこまでしなかったことに、俊作は少しだけ救われる気がした。

二

灯心が絞られた行灯《あんどん》のあかりは、あたりをかすかに照らすだけである。

ぼんやりとしか見えない座敷の中には、四人の武士が座っていた。

そのうち、二人の武士が、包帯を巻いた片足を投げ出している。

「たかが元近習のひとり、なぜ始末できぬのだ」

苛立《いらだ》った声で、もっとも年長の武士が言った。

「もともと剣の腕がたしかなところに、脱藩したあと、急に手強《てごわ》くなったと思われます」

足の腱に包帯を巻いた男が答える。俊作に腱を斬られた近田恭三郎だ。

「だからといって、二人も不覚をとるとは、なんたる体たらく」

年長の武士が吐き捨てるように言うと、足を怪我した二人は、うなだれた。

「そもそも、滝沢俊作を始末することが、それほど必要なのでしょうか。あやつは、なにも知らぬのではないですか」

怪我をしていない武士が、ざらついた声で年長の武士に言った。

「なにも知らぬかもしれぬ。だが、知っていたらどうする。脱藩したからといって、いまだに鷹丸ぎみにはもっとも近い男だ。誰かがどのような手引きをするやも知れぬ。早いうちに禍根は断たねばならぬのだ」

苛立った年長の武士の言葉に、ざらついた声の武士は気圧《けお》されたのか、黙ってしまった。

「だいたい、なんで世津に毒を盛らせなかったのだ」

「……世津に、そこまでさせるのは酷でしょう」

脹ら脛に包帯を巻いた男が異議を唱える。

「なぜだ。世津は、われらの一党ではないか」

「ですが……」

「……滝沢俊作と世津は、なにかあるのか」

「お互いに心を通わせていたような節《ふし》が」

「だから、酷だというのか。甘いの……世津の処分も思案せねばならぬ」

「………」

重苦しい沈黙が漂った。それを破ったのは、ざらついた声の侍だった。

「こうなったら、私が、滝沢を斬りましょう」

「うむ。おぬしなら間違いはないだろう」

年配の武士の声が明るくなった。

料理茶屋での出来事があった翌朝。

俊作は、西光寺へ行く刻限になると、刀を差して長屋を出た。

まだ、自ら傷つけた太股が痛むが、歩く妨げにはなっていない。

朝まだきの冷たい大気を吸って、気分が清々しくなってくる。

眠り薬のせいで、夕方から夜にかけて眠っていたせいか、また世津のことで頭が混乱していたせいか、深夜まであまり眠れなかった。

夜が更けて、やっと眠りに落ちたが、いつも起きる刻限になると、目が覚めてしまったのである。

境内にひとり立つと、刀を抜き、ゆっくりと中段に構える。

つぎに上段に振りかぶる。

「むん」

びゅっと音を立てて、刀を振りおろす。

足を踏ん張るだけで、傷が痛む。

それでもかまわずに、五十回ほど真剣の素振りをし、刀を納めた。

額にはじっとりと汗が浮かんでいる。

（世津どのが、私の長屋へ来ようとしていたということは、私の居場所は、刺客たちには分かっているということだ。これから、どれだけの刺客がくるのか……ひとときたりとも気を抜けなくなってしまったな）

世津は、藩出入りの商人が俊作を見かけ、その商人に頼んで住まいを調べたと言っていた。

だが、それは嘘だろう。俊作を殺そうとする刺客の一派が、昌平店にいることを嗅《か》ぎつけたのに違いない。

刺客が来るなら来いという心境に、俊作は達していた。

そして、出来れば殺さずに捕まえて、なぜ襲ってくるのかを訊きたかった。

朝陽が境内に降り注ぎ、雀があちこちでちゅんちゅんとかまびすしい。

俊作は、長屋へ帰ろうと歩きだした。

ふと、世津の身のことが気になり始める。

世津に眠り薬を飲まされたことで動揺していたせいか、世津の身のことを考えていなかったのである。

（世津どのは、私の暗殺に失敗したことの責めを負うことはないだろう。失敗したのは、あの武士だ。だが……)

気になるのは、いつぞや夜道で襲ってきた者は、近田恭三郎だと分かったが、俊作が顔を見たことを気づかれていたかどうかは分からないし、昨日の武士は、まるで知らない。

だが、世津のことはよく知っている。俊作が生き延びたことで、世津の身になにか不都合が起こっているとしたら……。

(世津どのの身が案じられるが……)

そのとき、脳裏に助左衛門の顔が浮かんだ。

「世津というのは、おぬしの殺害に加担したおなごだぞ。その身を案じてどうする。人がよいのを通り越して、おぬしは、底抜けの阿呆《あほ》だ」

そんな風に言われるに決まっている。

もっともなことである。俊作は、世津の身を案じたことを助左衛門に言うのは止めようと思った。

境内を出て、武家屋敷のあいだの道を抜け、松井町に差しかかったときのことである。

突然、殺気が俊作に放たれ、

「ううりゃあーっ」

掛け声凄《すさ》まじく、斬りこんできた者がいた。

気迫は凄《すご》いが、その太刀風は強くない。

身を躱《かわ》した俊作は、

「……！」

目を見開いた。

「お、おのれ！」

烈火の如く目を怒らせて、俊作に刀を向けているのは、十三、四の前髪をおろしてもいない、まだ子どものような侍だった。

「父の仇《かたき》！」

またも、小侍は、俊作に突進する。

これも難なく避けた俊作は、

「待て待て。私は滝沢俊作と申す。お前の仇ではない」

諭すように言った。

「嘘をつくな！　お前は、宇奈月小五郎《うなづきこごろう》だ。俺の目に狂いはない」

ふっくらとした頬が真っ赤で、眉毛《まゆげ》が凜々《りり》しく、目はくりくりとしている。

「私の顔が、その仇に似ているのか」

「宇奈月小五郎の顔は、目に焼きつけているのだ。間違いない。お前は、宇奈月小五郎だ」

とおりゃあ！　と、また掛け声凄まじく、俊作に斬りこんでくる。

（これは面倒だ。逃げるか）

ところが、朝だというのに、いつのまにか、かなりの野次馬が囲んでいた。垣根のように囲んでいる野次馬の列を突破するのはいいが、刀を振りまわした小侍が追いかけてくると、野次馬が巻き込まれて怪我をしかねない。

（仕方ないな）

俊作は、小侍の刀を躱しておいて、当て身をした。

気を失った小侍を抱きかかえると、

「みんな聞いてくれ。私は、この子の仇ではない。なにか勘違いをしているようなのだ。ともかく、誰か自身番屋へ知らせてくれないか」

周囲に呼びかけると、

「合点だ」

職人風の男が、勢いよく駆けだした。

松井町の自身番屋で、息を吹き返した小侍は、ハッと飛び起きると、

「ち、父の仇！」

腰から刀を抜こうとしたが、刀がない。

俊作が自身番屋の奥の板の間に隠してしまったのである。

「お、おのれ、刀を返せ」

顔を真っ赤にさせ、仁王立ちになった。

「待ちなさい。ここは自身番屋だ。町役人の前だから、落ち着いて話せる。私は逃げも隠れもせぬからな」

俊作が静かに言い聞かせるように話すと、小侍は、

「宇奈月小五郎、日時を決めて果たし合いをしたい。逃げ出すなど、まかりならぬぞ」

俊作に言い放つと、町役人に向かい、

「仇討ちのことは、番所に行けば届け出がしてあるはず。この宇奈月小五郎を逃がさぬようにしてはくれまいか」

小侍とはいえ、堂々とした態度で言った。

番所とは、奉行所のことである。

「はあ、たしかめることはできますが、逃がさぬようになどというのは……」

町役人は、当惑している。

「ええい、ならば、いまここで仇を討ちたい。私の刀を返せ」

「しかし、私どもは、同じ町内にお住まいのこのお侍さまを、滝沢俊作さまとうかがっておりまして」

「それは偽名だ。仇持ちであることを隠すゆえのな」

小侍は、俊作をにらみつける。

「なぜ、あなたは、私のことを仇だと言うのだ。それほど、私が仇に似ているというわけなのか」

「ああ、似ているもなにも、同じ顔だ。これを見ろ」

小侍は、懐から折り畳んだ料紙を取りだすと、広げて掲げた。

「おお、これは滝沢さまにそっくりですな」

町役人が身を乗り出して言った。

小侍が掲げた料紙に描かれた似づら絵は、俊作に瓜二つだったのである。

三

「あなたさまは、この方が仰るように、宇奈月小五郎という武士なのですか」

町役人は、真顔で俊作に訊いた。

「それは違う。私は、猪田藩の藩士だった滝沢俊作だ。わけあって脱藩しておるがな……」

藩を放逐されたのであるから、身の証を立てろと言われても、証明できるものがない。

どうやって、自分が小侍の仇でないのか、説得する方法はないものかと俊作が思案していると、

「裕丸《ひろまる》さま！」

血相を変えた老いた武士が、自身番屋の腰高障子を開けて飛びこんできた。

「おお、亀左衛門《かめざえもん》。遅いぞ。仇を見つけたというのに」

「なかなか厠《かわや》から出ることが出来ませぬで、申し訳もございませぬ。仇討ち騒ぎを教えてくれた町人に、ここにおられると聞きまして。で、仇は……」

老武士は、俊作を見ると、ギョッとした顔になり、

「う、宇奈月小五郎！」

指差して叫んだ。

「そうであろう。亀左衛門は、宇奈月に、十年前に直《じか》に会っておる。間違えようがないのだ。分かったか」

こうなってくると、俊作も困り果てたのだが、

「待てよ。いま、十年前と仰ったが、この似づら絵も十年前のものということですか」

小侍がずっと掲げている似づら絵を指差して、老武士に訊いた。

「ああ、そうだ。十年前に、わが父を斬って逃走したあとに、藩で一番絵の上手い絵師に描かせたものだそうだ。そうだったな、亀左衛門」

小侍が代わりに答える。

「え、ええ……」

亀左衛門は、しきりに似づら絵と俊作の顔を見比べている。

「ご老人、なにか妙だとお気づきなのではありませんか」

俊作の言葉に、亀左衛門は、分かってないのか首をかしげた。

「困ったものだ。では、私が言いましょう。この似づら絵は十年前の宇奈月小五

郎という者の顔です。見たところ、私と同年配のようですが、十年後のいま、宇奈月小五郎の顔にも、十年の月日が積もっているはずです。もう、お分かりのことと思いますが」

「なるほど。絵も、滝沢さまも、二十歳そこそこ。ですが、この絵のお人は、いまはすでに三十になっているわけですな」

町役人が言うと、亀左衛門が膝を打ち、

「そうです。おかしいと思っておったことは、そのことです。拙者《せっしゃ》は、この絵に十年の年月を経たあとの宇奈月の顔を、いつも思い浮かべておったのです。太っておるのだろうか、皺《しわ》が多くなっておるのだろうかと……ところが、この絵に、あまりにそっくりなお方がおられたので、なんだか狐につままれた気がしておったところです」

そして、小侍に向き直ると、

「裕丸さま、このお方は、宇奈月小五郎ではございません。こんなに若いはずがないのです。実に残念ではありますが、それが本当のことでございます」

「……」

小侍は、悔しそうに唇を噛み、恨めしそうな顔で俊作を見たが、

「済まぬことをしました。このとおりです」

その場にがばと手をつき、頭を下げたのである。

亀左衛門もそれにつづき、

「拙者が尾籠《びろう》なことにかかずらっていたせいで、裕丸さまが勘違いをされてしまいました。責めは拙者にあります」

額を畳にこすりつけた。

「分かればそれでよいのです。頭をお上げください」

俊作は、苦笑して言った。

小侍は、小泉《こいずみ》裕丸といい、当年とって十三歳、三河《みかわ》は奥殿《おくどの》藩から出てきたそうである。

老武士は、小泉家の用人である大槻《おおつき》亀左衛門、歳は六十を数えるという。

裕丸の父親、小泉千之助《せんのすけ》は、十年前に、若党の宇奈月小五郎に斬り殺された。

同じく母親の紀代《きよ》もである。

小五郎が紀代に無理強いして不義に及び、成敗しようとした千之助を逆に討ち、ついでに紀代も殺害したのであった。

このとき、小泉家には嫡子である三歳の裕丸だけが残された。

千之助に兄弟はいない。紀代の実家も女ばかりで、長女が婿をとっており、紀代は三女である。

裕丸の後見を紀代の実家がし、小泉家は存続することになったが、ある程度の年齢に達すると、裕丸は、仇討ちの旅に出ることを切望した。

千之助に仕えていた用人の亀左衛門が裕丸に同行して、仇の宇奈月小五郎を探すことになったのである。

江戸に出てからは、馬喰町《ばくろちょう》の砂田屋《すなだや》という宿に泊まっているそうだ。

「宇奈月小五郎を、深川の近くで見たという行商人がおったのです。ですが、それは七、八年も前のことで、いまはどこにいるのやら……」

亀左衛門は、苦悩の色を濃くした顔で言った。

「宇奈月という武士は、剣の腕は立つのですか」

俊作の問いに、亀左衛門は、

「たいした腕前だとは聞いておりません」

小侍の裕丸と、老侍の亀左衛門だが、二人がかりなら、仇を討てると思っているようである。

「ご武運をお祈りいたしますぞ」

自身番屋をあとにする二人に、俊作は、そう言うほかはなかった。

仇討ち騒ぎで、朝餉を食いっぱぐれた俊作は、菜飯屋で菜飯をかきこむと、長屋へ帰った。

助左衛門の部屋に、客の気配がする。

俊作が顔を出すと、茂兵衛がおり、助左衛門の見舞いに来たのだという。

「足の傷もあるのに、稽古に行くとは見上げたものだと、爺さんと褒《ほ》めておったところだ。それにしても、遅かったではないか。おぬしの分の粥も食べてしもうたぞ。べちゃべちゃして、実に旨《うま》い粥だったな」

助左衛門が、さもまずそうな顔をして軽口をたたいた。

「そんな旨い粥を食べそびれたのは、とんでもない災難に見舞われてしまったからなのです」

俊作が大げさに言うと、

「いったいなにがあったのだ」

助左衛門が食いついてくる。

茂兵衛は、ただ煙管を吹かしているだけだが、少しは興味を持ったのか、先をうながすように俊作を見た。

「仇討ちの仇に間違われました」

俊作は、さきほど起こったことを、かいつまんで話した。

「十年前の似づら絵か。十年経てば、顔つきも体も変わるものだからな」

「人を斬って逃れてきたのなら、なおさらその辛苦のために、相貌も変わるというものだ」

助左衛門と茂兵衛が口々に言った。

「ただ、十年前の宇奈月小五郎という武士が、実に私にそっくりなのです。どうにも面妖《めんよう》な気がしました」

俊作が言うと、

「いま、宇奈月小五郎と言ったか」

茂兵衛がはっとした顔をした。

「はい。その小侍の仇の名前ですが」

俊作の答えに、茂兵衛は黙りこんだ。

「なんだ、爺さん、そいつに心当たりでもあるのか」

「……そういえば、滝沢さんに似ておったような気もするが」

茂兵衛は、そうつぶやくと、俊作の顔をじっと見て、

「わしが宇奈月小五郎という名前の武士を知ったのは、七年ほど前のことだ。まだ道場をやっておったのだが、真っ黒に日焼けした浪人が道場破りをしてきおった。わしの高弟に負けて、すごすご帰るかと思ったら、今度は弟子にしてくれと言いよってな。それから一年ほど、道場で稽古をしておった」

「七年前というと、似づら絵のころより三年後ということになりますか」

「うむ。剣の腕前は大したことがないと、その老武士が言っておったのだろ。わしが見たときには、高弟には敵《かな》わなかったが、かなりの手練《てだれ》だった。もし同じ男なら、三年のあいだに、よほどの修行を積んだと見える。あの真っ黒な日焼けと、逞《たくま》しい体つきは、山籠《ご》もりでもしていたのかもしれん」

そのせいで、俊作にそっくりの容姿が、ずいぶんと変わったのかもしれない。

「道場を閉めてから、宇奈月にお会いになったことは」

「あれから江戸を離れたという話で、まったく会ってはおらなんだが……」

つい先日、宇奈月小五郎が、茂兵衛の隠宅を訪ねてきたのだという。

「久しぶりなのと、まるで変わっておったので、初めは誰だか分からなかったの

だ。ほんの少し茶を飲んで話をしたのだが、また剣の修行のために諸国をまわっていたそうだ」

体は、ひとまわり大きくなり、顔貌もいかつさが増しているという。

「では、裕丸と亀左衛門は、見当違いの場所にいるわけではないのですね」

仇は、すぐ近くにいるのである。

「そうだが、十年前とはかなり変わっておるから、その老武士が見ても、宇奈月とは分かるまい」

「そうですか……しかし、母親に押して不義に及び、その母親と、父親を斬った男です。なんとか仇討ちを成就させてやりたいと思うのですが」

「だがな……もし立ち合わせても、宇奈月に敵うわけがないではないか」

「ならば、私が助太刀いたします」

「おぬしも物好きだなあ」

助左衛門が、呆《あき》れた顔をする。

「ふふっ、そんなところが、あんたらしいが……しかし、いくらあんたが加勢しても、勝てるかの」

茂兵衛は、首をかしげた。

いまの宇奈月小五郎は、七年前もかなりの手練だったが、さらに相当な遣い手になっていることは間違いないようだ。

俊作が助太刀しても敵わぬ相手ならば、裕丸と亀左衛門だけでは、到底仇討ちなど無理である。

四

翌朝は、生憎《あいにく》と雨になった。俊作は西光寺での稽古をせず、早々に朝餉を済ますと、傘を差して、茂兵衛の隠宅を訪ねた。

しばし茂兵衛と話しこんだあと、隠宅を出た。雨は止んでいるが、空はどんよりと曇っていて、堅川の水面も黒ずんでいた。

傘は茂兵衛の家に置いたまま、堅川沿いに緑町へ向かって歩いて行った。

緑町三丁目に入ると、表通りから路地を抜け、さらに町の外れにある、小さな寺に行き着いた。

草がぼうぼうと生い茂り、無住の寺のようだ。

寺の堂宇《どうう》をぐるりとまわると、庫裡《くり》がある。

庫裡の前で中の様子をうかがった。

誰もいる気配はない。

茂兵衛に、この寺に宇奈月小五郎がいるはずだと聞いていた。

隠宅を訪ねた小五郎が、緑町三丁目奥の破れ寺《や》に勝手に住んでいると言っていたそうだ。

（ほかに破れ寺があるのかもしれぬが……）

庫裡に入ってみるかどうか迷っていると、草を踏む足音が近づいてくる。

俊作は、叢《くさむら》の中に身を潜めた。

やがて、中背の浪人が庫裡の前までやってきた。

浅黒い肌に、眼光が鋭い。

あたりを見まわすと、庫裡に入って行った。

（私に似ているのだろうか……分からぬ）

俊作は、そのまま叢の中でじっとしていた。

宇奈月小五郎という武士を、間近に見てみたかったのだが、そのあとどうしようという目算があったわけではない。

ただ、裕丸が仇と狙う宇奈月小五郎だということがたしかだと分かれば、裕丸に知らせるつもりだった。

返り討ちに遭うかもしれないが、仇を探せずに何年も過ぎてしまうほうが酷だと思ったからである。

春が近いとはいえ、じっと叢の中にいては、体が冷えこんでしまう。

つぎに庫裡から侍が出てくるのは、もっとあとだろうと俊作は思い、叢から立ち上がった。

(宇奈月小五郎かどうかは、直に会ってみたとて、私には分からぬだろう。ここに、裕丸と亀左衛門を連れてくるしかないだろうな)

俊作は、思い決めると、静かに庫裡の前を離れて行った。

堂宇の脇に出たときである。

「おい、わしになにか用か」

背後から声がした。

驚いて振り向くと、庫裡の中にいるはずの浪人が立っている。

俊作に気配を感じさせずに、庫裡から出て、背後に立っていたのである。

「こ、ここは無人だと聞いておったので、宿にできぬものかどうか見てまわっていただけのことです。長屋に住まう金にも窮してまいったものでして」

実際に、破れ寺の堂宇で寝泊まりしたことがあるのだ。

「では、なぜ、隠れてわしをうかがっておったのだ。こそこそせねばならぬわけがあるのであろう」

「なにもこそこそしているわけでは……誰もいないと思っていたところを、人の気配がしたので、あわてたまでのことです」

潜んでいるときから、すでに見破られていたのだった。

冷や汗が脇の下を流れて行く。

「ふむ……」

浪人は、俊作の言うことを信じたようだったが、

「おい、待て待て。これはまた……」

浪人は、ずかずかと俊作に近づいてきた。

なにごとかと硬くなっている俊作の顔をじろじろと見る。

「ふうむ、わしの若いころにそっくりではないか。これはまたなんとも……」

食いつかんばかりである。

俊作も、浪人の顔をじっと見た。

十年の風雪に晒《さら》されてきた顔には、深い皺が刻まれ、日焼けしつづけていたせいか、浅黒さがしみついているようだ。

だが、どこか俊作自身の面影が、その顔にはあるような気がした。

「わしはずいぶん変わったものよ。だが、以前はおぬしのような、すっきりとした様子のよい男だったのだぞ」

浪人は笑って言った。

「私は、滝沢俊作と申します。わけあって、猪田藩より脱藩し、いまは浪々の身となっております」

俊作は、名乗った。相手にも名乗ってほしかったのだが、はたして……。

「わしは、景浦念次郎《かげうらねんじろう》と申す。藩の名前はご勘弁願いたい」

偽名なのか、宇奈月の名前は名乗らない。

「では、これにて失礼」

俊作は、その場から離れようとしたのだが、

「待たれい」

またも呼び止められた。

「まだなにか？」

「いま、貴公は失望の色を顔に浮かべた」

「はっ？」

「わしが名前を名乗ったときだ。もっとほかの名前を期待していたように見受けられたのだが、違うか？」

俊作は、この男の勘が異様に鋭いことに狼狽《ろうばい》した。

その狼狽が、また表情に現われたのではないかと冷や汗がさらに流れる。

「わ、私は……」

「嘘はいい。わしも嘘をつくのは止めよう。わしの本当の名前は、宇奈月小五郎と申す。そして、仇持ちだ」

「……仇持ちですか」

「そうだ。おぬし、なにか知らぬか。わしを仇と狙っておる者のことを」

「さあ……」

「まあよいわ。わしは逃げも隠れもせぬ。もし、宇奈月小五郎を仇と探しておる者と出会ったなら、ここを教えてほしい。ここなら、絶好の果たし合いの場にもなろうというものだ。当分、居つづけるので、いつでもよいぞ」

宇奈月小五郎は、言い終わるとにやっと笑った。踵《きびす》を返し、去って行くうしろ姿を、俊作は呆然《ぼうぜん》と見送った。

俊作は、その足で、馬喰町の砂田屋という旅籠《はたご》へ向かった。

もちろん、昼間に二人がいるとは思っていない。小五郎を探して忙しいはずである。旅籠の者に、言伝《ことづ》てを頼んでおいた。

茂兵衛の隠宅へ寄り、宇奈月小五郎に会ったことを話すと、

「やはりそうか」

茂兵衛は、ひとこと言って黙った。

「なにかご存じなのですか」

「いや、なにも知らぬ。だが、わしのところに久しぶりに来たあやつは、なにか憑《つ》き物が落ちたようなすっきりした顔をしていたのだ」

「憑き物ですか……」

「それと、妙なことも言っておった。もう待たなくてもよいから、気が楽だともな。それはどういう意味なのか訊いたが、教えてはくれなかった」

「待たなくてもよい……そ、それは……」

「うむ、あんたの話を聞いて分かったよ。仇討ちのことだろうの。おおかた、裕丸という子どもが、仇討ちに出てくるのを待っておったのではないかの」

「待っていたと……それは、返り討ちにするためでしょうか、それとも……」

「なにか、深いわけでもありそうだが、わしの推量の及ぶところではないようだ。気になるなら、仇討ちの始末を見届ければよかろう」

茂兵衛に言われるまでもなく、俊作はその気になっていた。

夕刻から、また雨が激しく降り、土砂降りになった。

簾《すだれ》のような雨をかき分けて、裕丸と亀左衛門が、俊作の長屋へやってきたのは、夜になってからであった。

雨は夜中のうちに止み、翌朝はすっかり晴れ渡った。

緑町の外れの破れ寺の境内にぼうぼうと生えている雑草は、雨の滴を朝陽にきらきらときらめかせている。

雑草を踏みしめ、そこに現われたのは、裕丸、亀左衛門、そして俊作と、茂兵衛である。

茂兵衛も見届けたいと俊作に言っていた。

前夜、裕丸と亀左衛門が俊作の長屋に現われ、翌朝の仇討ちの決行が決まり、仇討ちの時刻は、五つ（午前八時）となった。

早朝、まだ暗いうちに、俊作は茂兵衛の隠宅へ行き、念のために、破れ寺へ宇奈月小五郎を訪ねていた。

仇討ちにやってくることを告げ、正々堂々と闘ってほしいと俊作が言うと、

「当たり前だ。その覚悟はつねに出来ておる。わざわざ知らせにこなくとも、よかったものを」

小五郎は、泰然自若《たいぜんじじゃく》としていた。

約束の刻限になり、裕丸と亀左衛門は、額に鉢巻きを締めてやってきた。

庫裡の前に立ち、

「宇奈月小五郎、父の仇を討ちに参った。私は小泉裕丸である」

裕丸は、精いっぱいの大声で呼ばわった。

「拙者は小泉家の用人、大槻亀左衛門、裕丸どのに助太刀いたす」

亀左衛門が言ったとき、庫裡の戸が開いた。

ぬっと出てきたのは、件《くだん》の浪人である。

「おう、亀左衛門、久しぶりだなあ」

宇奈月小五郎は、大刀を持ちながら、庫裡から出てきた。

「う、宇奈月か……」

小五郎の変わりように、亀左衛門は驚いたようである。

裕丸も、目を見開いている。似づら絵と似ても似つかぬからであった。

「十年の月日は、少々わしには苛酷《かこく》だったようだ。このようなゴッゴツした男になってしもうたのよ」

言いながら、ずいっと顔を亀左衛門に突き出した。

「む……たしかに、宇奈月小五郎」

変わったとはいえ、よく見れば、間違うはずもない。主人小泉千之助と紀代の憎い仇であった。

裕丸も、それで迷いがなくなった。

「いざ」

体には不似合いな大振りな刀を、裕丸は抜き放つ。

亀左衛門も抜刀すると、小五郎は大刀を抜き、鞘を放り投げた。

俊作と茂兵衛は立会人である。

前夜、俊作が助っ人を申し出ると、二人に拒否されたのであった。

「お心遣いはありがたいが、これは小泉家のこと。まったく掛かり合いのない御《ご》仁《じん》の手を借りたとなれば、末代までの恥になります」

などと、十三歳の小侍とも思えぬことを言ったのであった。

そうまで言われると、どうしてもとは言えなかった。

「ううりゃああ！」

裕丸が、俊作に斬りかかったときのような強烈な気迫を籠めて、小五郎に襲いかかった。

「むん！」

小五郎の刀が、裕丸の刀をはじき、裕丸は尻餅をつく。

「おのれ」

亀左衛門が突きを入れた。

小五郎が、これまた軽くはじき飛ばす。

起き上がった裕丸と、亀左衛門が、再び小五郎に対峙した。

「大きくなったのう、裕丸どの」

小五郎が、感に堪えないといった声を出した。

「でやー！」

「とおっ」

裕丸と亀左衛門が、振りかぶった刀を同時に打ちこんだ。

小五郎は、二人の刀を、つぎつぎに素速くはじいた。

亀左衛門の体は泳ぎ、たたらを踏む。

裕丸は、すぐに体勢を立て直すと、すぐさま小五郎に突きを入れた。

小五郎は、難なくこの突きを躱すかに見えたのだが、

「ぐふっ」

小五郎の脇腹に、裕丸の刀が吸いこまれるように突き刺さった。

「やりおったな、裕丸……さすがだ」

小五郎はにやりと笑った。

裕丸は、突き刺さった刀を抜くと、上段に振りかぶる。

「父の仇」

袈裟《けさ》懸けに斬って落とした。

小五郎の背後からは、亀左衛門が突きを入れた。

のけぞった小五郎は、亀左衛門が刀を引くと同時に、どおっと前のめりに倒れこんでいった。

小五郎の体がぴくぴくと痙攣《けいれん》した。やがて、それも間遠になり、ぴたりと止まり、目の光が失《う》せた。

その顔は、妙なことに、苦しみよりも嬉しさを感じているような笑顔を浮かべ

ていた。

「お見事」

茂兵衛の言葉に、裕丸と亀左衛門は、張り詰めていた力が抜けたようだ。

膝をがっくりと突くと、しばしのちに、抱き合いながら、おいおいと泣きだしたのであった。

五

「宇奈月どのは、わざと裕丸に討たせたようですが、もう逃げているのが嫌になったのでしょうか」

茂兵衛の隠宅で、女中の用意してくれた酒を呑みながら、俊作が訊いた。

裕丸が、小五郎の脇腹を突いたとき、その刀を見ていながら避けようともしない小五郎に、俊作は気づいていたのである。

「いや、あやつは当初から逃げる気などなかったと、わしは見る」

「ということは……」

「裕丸が大きくなって仇討ちに出てくるまで待っていたとな」

「だから、もう待たなくてもよいと……」

茂兵衛に語っていたことが、腑に落ちる。

「これは、わしの邪推かもしれぬがな」

茂兵衛は前置きすると、

「裕丸は、小五郎の息子だったのかもしれん」

「えっ、で、では、紀代という母親は、小五郎と……」

「どのような経緯があったかは、まったく分からぬ。だが、七年前に道場に現われたとき、好きなおなごと別れさせられ、挙げ句の果てに殺されたと言っておったことを思い出したのよ。紀代が小泉に嫁いだあとも、二人は好き合っておったのかもしれぬ。まだ二人とも二十歳前の若いころだ。己の燃え上がる気持ちに逆らえなかったのだろうか。それを知った小泉千之助が紀代を斬り、小五郎が千之助を斬った……ということもあろうかと」

「……」

「いや、すべては小五郎の死によって闇に葬られたことだ。もう詮索《せんさく》するのは止めにしたほうがよいか」

茂兵衛は酒を一気に呑むと、

「久しぶりに一手、どうだ」

将棋を指す手真似をする。

「いいですね。やりましょう」

俊作も杯を干すと、指をポキポキと鳴らした。

茂兵衛の隠宅を出たのは、夕刻になってからだった。

すでに陽は落ちつつあり、月の光が代わりにあたりを照らし出した。

夕餉を食べていけと言われたが、それまでに、芋だの餅だのを食べながら将棋をしていたので、すでに満腹になっていたのである。

芋や餅は、女中の実家から送ってきたものだったが、俊作にはことのほか旨かったのである。

腹をさすりながら、竪川に架かった二ツ目之橋を渡り終えたとき、

「おい、おぬし、滝沢俊作だな」

ざらついた声がした。声の主を見ると、菅笠の武士である。

「そうですが、あなたは」

俊作の問いを無視して、

「ちと用がある。こちらに来られたい」

菅笠の武士は、俊作の答えも聞かずに、ずんずんと堅川沿いに、大川のほうへ向かって歩きだした。

「名前を名乗ってもよかろうし、用向きを仰っていただかないと、私は帰りますよ。それでもよいのですか」

俊作は、菅笠の武士に向かって声を投げかけたが、これも無視された。

（まったくなにごとだというのだ……）

俊作は、武士が猪田藩の刺客だという気がした。

ほかに思い当たることはないし、この武士の悠揚《ゆうよう》迫らざる態度には、真っ向勝負を挑まれるのではないかという予感を感じさせた。

いままでは奇襲だったが、この武士はよほど剣に自信があるのに違いない。

武士の背中からは、まったく殺意は漂っていないが、隙というものがまるでない。よほどの剣客であることがうかがえた。

昌平店のある松井町の角を曲がり、武家屋敷とのあいだの道に入った。

（これ以上行くと、人通りが絶えてしまう）

何人もの刺客が待ち受けているということも考えられた。

俊作は、立ち止まると、

「これ以上は、ついて行きかねます。用件をうけたまわりたいのですが」

それでも、武士は無言で歩きつづけたが、俊作が立ち止まったままなのを察したのか、くるりと振り向き、

「おぬしと立ち合うために、静かな場所へ行こうとしておる。なに、相手は拙者ひとりだ。心配するな」

穏やかな声で言った。

「信用できません。いままで、三度、奇襲にあったのですから」

「拙者は、これまでの者とは違う」

「……ひとつ教えてほしいのです。いままで襲ってきたのは、みな猪田藩の者だったのですが、あなたもそうですか」

「そうだ」

「なぜ、襲ってくるのです」

「それは己の胸に訊け」

「私の胸にですか……私には皆目分からぬのですが」

「知りたければ、拙者と勝負しろ。冥土《めいど》の土産に教えてやる。また、拙者に勝ったなら、拙者がこの世に別れを告げる前に、話してやろう」

武士は、また前方へ向き直ると、歩きだした。

俊作もまた、武士のあとについて歩きだす。

この勝負を終えたら、死んでも生き残っても、胸のつかえが取れるのだ。

さらに歩きつづけ、武家屋敷の連なる道をいくどか曲がった。

陽はすっかり落ちて、雲のない月の光が皓々《こうこう》と照っている。

やがて弁財天を祭った祠《ほこら》の裏へ出た。

そこは、火事に遭ったまま放っておかれているのか、焼《や》け棒杭《ぼっくい》がところどころ転がっている原っぱだった。

武士は、俊作が原っぱに入って行くと、菅笠を取って放り投げた。

眉毛が薄く、目は細く、顎はとがっている。唇は薄く、どこか酷薄そうな印象が漂っている。

俊作は、その武士を国許で見たことがあるような気がした。だが、どこの誰だかまでは分からない。藩の道場でも見かけなかった。

「いくぞ」

武士は、刀を抜いた。

「せめて、名前を名乗ってはいただけませんか」

俊作も抜刀しながら言った。

「倉石拓郎《くらいしたくろう》と申す」

俊作は知らないが、この武士、猪田藩の暗い座敷で、俊作を斬る算段をしていた四人のうちのひとりである。

倉石拓郎は、すすっと前に進むと、いきなり、

「たあっ」

しなるような動きで、刀を打ちこんできた。

ギンッ！

俊作が、拓郎の刀を受け流す。手が震えるほどの相手の膂力《りょりょく》を感じた。

すぐに二の太刀は襲ってはこず、拓郎は左へ左へと移動していく。

つまりは、俊作の右へ右へ動くので、俊作は右へ動かないと、背中を見せてしまうことになる。

「ちぇすとお！」

俊作が、何度めかに右へ動いた瞬間、拓郎の小手打ちが襲った。

「ちっ！」

刀ではね返したが、浅く手首を斬られた。

（つ、強い……）

俊作は、これほどの遣い手が藩の道場にいなかったことが不思議だった。

いったい、どこで剣の修行をしていたのか……。

さらに、その太刀筋が、俊作の学んだ一刀流とも、藩の城下にある新陰流とも違うように思えた。

拓郎の動きは、俊作の戸惑いを煽《あお》るように、速くなっていく。

「でえりゃあ！」

鋭い打ちこみを、なんとかはね返すと、二の太刀がまた凄まじい。

俊作は、受けにまわるのに精いっぱいで、攻撃に転じることができない。

（このままでは、まずい……）

焦りが生じてきたが、どうすることもできないのである。

速さと膂力の強さで、拓郎は俊作を翻弄《ほんろう》した。

そして、俊作の受ける傷は浅いが、多くなるにつれ、流血も合わせればかなりの量となる。

受けにまわれば体力気力ともに疲弊し、さらに流血での衰えもある。

俊作は、徐々に力尽きようとしていた。

その様子を見て、拓郎はにやりとほくそえんだ。あと強力な一撃を打ちこめば、俊作は避けることができずに、斬られてしまうことはたしかだった。

「死ねっ！」

拓郎は、渾身《こんしん》の力を籠めた一撃を俊作に打ちおろそうとした。

その瞬間、月光にきらりと光るものが、拓郎の顔面に飛来した。

拓郎は、打ちこもうとした体勢のまま、それを間一髪で避けた。

だが、その隙を俊作は見逃さなかった。

横なぎに払った刀が、拓郎の胴を斬り裂いた。

「ぐほっ」

拓郎は腹から血を噴出させながら、どっと倒れこんだ。

俊作は、拓郎の目が急速に光を失って行くのを見て、

「しっかりしろ。死ぬ前に私に教えてくれると言っていたではないか」

声をかけた。だが、それは虚しい行為だった。

俊作は、舌打ちをすると、あたりを見まわした。

人の潜んでいる気配がする。

拓郎の顔に飛来したものが、離れた場所に落ちていた。

俊作は、潜んでいる者の気配を感じながら、それを拾った。それは、女物の懐剣だった。

俊作は、胸の動機が激しくなるのを感じた。

「誰かいるのですか。もしかすると……」

世津どのなのか……という言葉を飲みこむ。

刺客の手伝いをした世津が、今度は俊作を救ったとは考えにくい。

月が雲に隠れて、あたりは闇に沈んだ。

潜んでいた者が去っていく足音が聴こえてくる。

俊作は、足音に向かって走った。

だが、足音は闇に飲みこまれ、俊作が近づこうとすればするほど、遠のいていくようである。

俊作は諦めて、立ち止まった。

春の匂いをたっぷり含んだ強い風が吹いた。

双葉文庫

あ-40-07

おいらか俊作江戸綴《しゅんさくえどつづ》り

猫《ねこ》の匂《にお》いのする侍《さむらい》

2009年2月15日　第1刷発行

【著者】
芦川淳一《あしかわじゅんいち》

【発行者】
赤坂了生
【発行所】
株式会社双葉社
〒162-8540 東京都新宿区東五軒町3番28号
［電話］03-5261-4818(営業)　03-5261-4833(編集)
http://www.futabasha.co.jp/
(双葉社の書籍・コミックが買えます)
【印刷所】
株式会社亨有堂印刷所
【製本所】
藤田製本株式会社

【表紙・扉絵】南伸坊
【フォーマット・デザイン】日下潤一
【フォーマットデジタル印字】飯塚隆士

ISBN978-4-575-66370-9 C0193
Printed in Japan